パラレル・フィクショナル

予知夢の殺人

西澤保彦

祥伝社文庫

CONTENTS

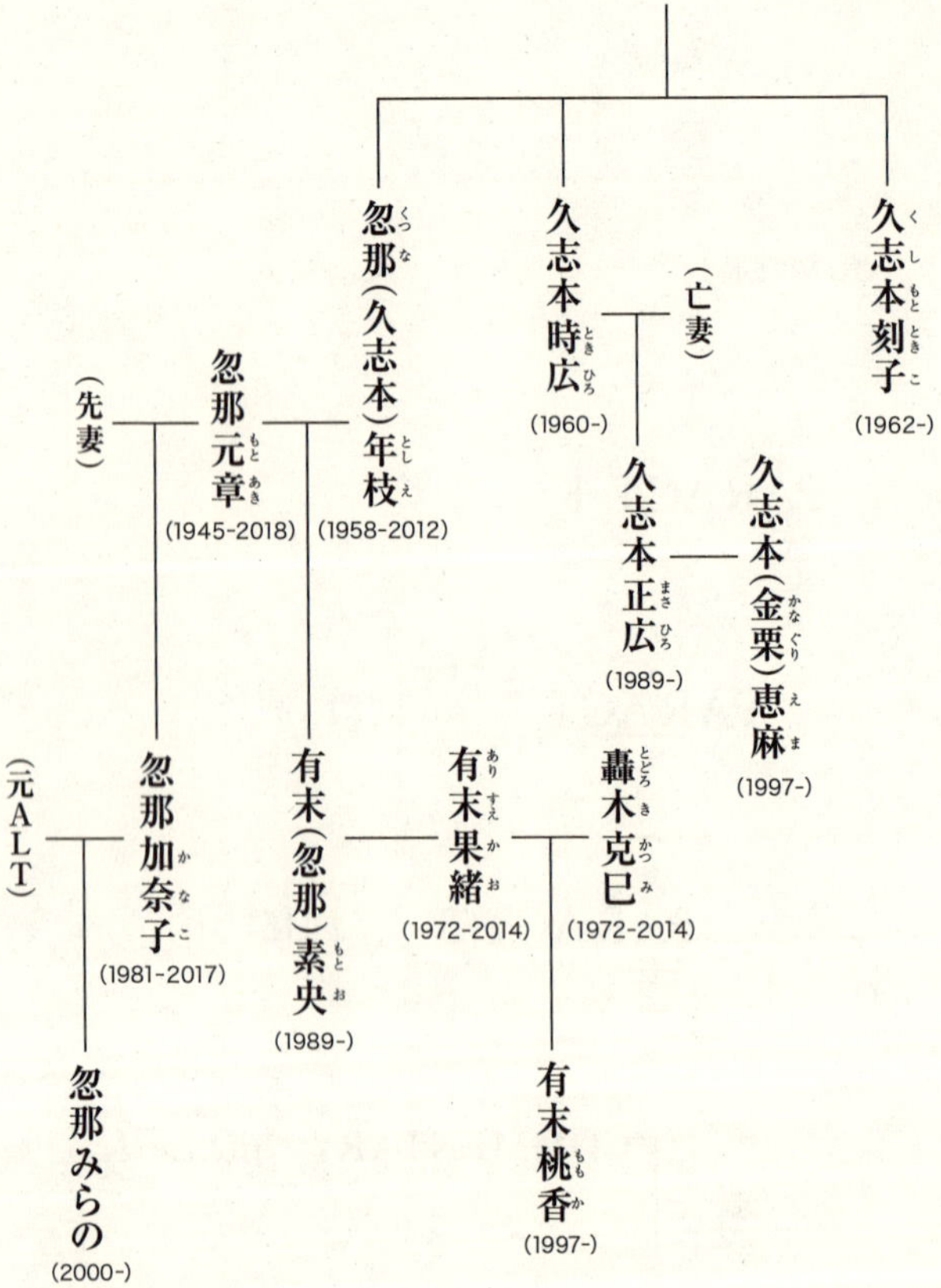
久志本《くしもと》刻子《ときこ》
(1962-)
久志本時広《ときひろ》
(1960-)
（亡妻）
忽那《くつな》（久志本）年枝《としえ》
(1958-2012)
忽那元章《もとあき》
(1945-2018)
（先妻）
久志本（金栗《かなぐり》）恵麻《えま》
(1997-)
久志本正広《まさひろ》
(1989-)
轟木《とどろき》克巳《かつみ》
(1972-2014)
有末《ありすえ》果緒《かお》
(1972-2014)
有末（忽那）素央《もとお》
(1989-)
忽那加奈子《かなこ》
(1981-2017)
（元ALT）
有末桃香《ももか》
(1997-)
忽那みらの
(2000-)

《関係者相関図》

4

《別荘見取り図》

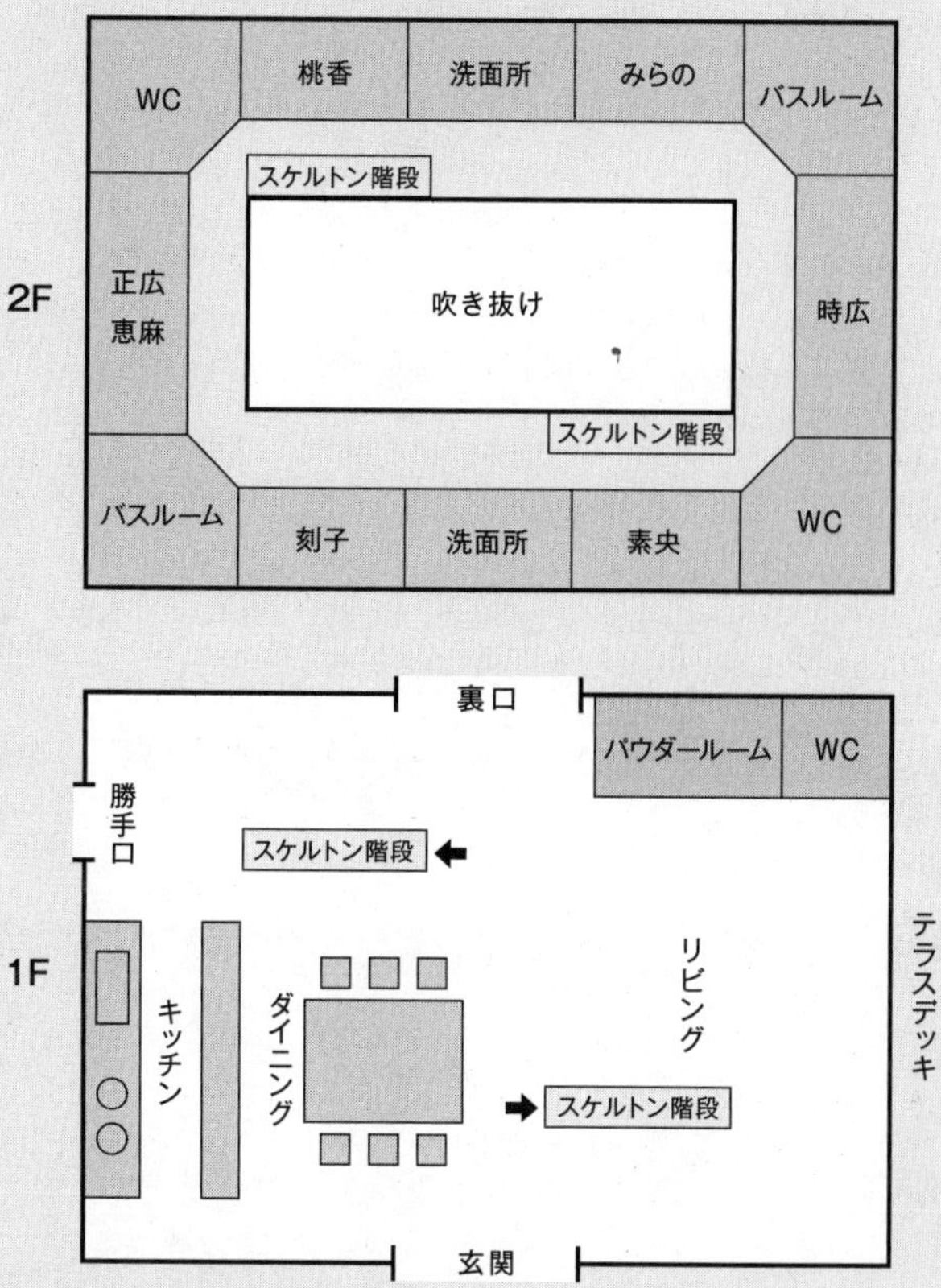
2F
WC
桃香
洗面所
みらの
バスルーム
スケルトン階段
正広
恵麻
吹き抜け
時広
スケルトン階段
バスルーム
刻子
洗面所
素央
WC
1F
裏口
パウダールーム
WC
勝手口
スケルトン階段
キッチン
ダイニング
リビング
スケルトン階段
テラスデッキ
玄関

目次扉デザイン・相関図・見取り図　bookwall

PARACT 1／回幻

夢の答え合わせ……そう聞いて、ひとはなにを思い描くだろう。

例《たと》えば昔、「ぼくはプロ野球選手になるんだ」とか「いつかあたしはシンガーソングライターに」と将来の夢を語り合った幼馴染《おさなな じ》み同士がブランクを経《へ》て十年後、二十年後に劇的に再会するシーンだろうか。お互いの夢は叶《かな》ったのか、はたまた道半《なか》ばなのかの答え合わせ。

しかしモトくんとわたしが個別に見る夢、そして答え合わせをするのは、そういう夢ではない。身も蓋《ふた》もない現実の予見なのだ……しかも常に、ひと死にかかわる。

＊

からん、と鳴ったカウベルにバイトのモモちゃんこと有末桃香《ありすえももか》が「いらっしゃいませー」と反応した。

店に入ってきたのはセミロングヘアで細面《ほそおもて》の一見若い娘だが、実はモトくんこと有末素央《もとお》、三十歳。わたしの甥《おい》だ。

「おっと。なんだか、めっちゃひさしぶりですね、モトさん」

モモちゃん、カウンター席のストゥールに腰を下ろす彼に、おしぼりを手渡した。

「そうだね。この前の時広《ときひろ》叔父さんと正広《まさひろ》のお披露目《ひろめ》の会にも行けなかったし……」

微妙に言葉を濁《にご》すモトくんとわたしの眼が合った。出会い頭《がしら》の事故みたいに。

「すてき、その服」

わたしたちのアイコンタクトに気づいたふうもなく、モモちゃん、ミントグリーンのカットソーブラウス姿のモトくんの胸もとを覗《のぞ》き込む。

「どこで買ったの？」

「これは〈リマインダー〉で」

「ふんわり、涼しそう。いいな。今度わたしも見にいこっと」

そんなやりとりを交わしているふたりの姿は第三者の眼に、どんなふうに映るだろう。実年齢差もたった八歳だし、いいとこ仲の好《い》い姉妹か。

まちがっても継父《けいふ》とその娘だとは、思うまい。

不思議なものだ。パッドなんか入れていないモトくんの胸はまっ平らだし、声音《こわね》だって男のピッチのまま。

にもかかわらず、如何《いか》にもな女装してます感はまったく無い。このわたしですら甥というより姪《めい》に接する感覚で、たまに素顔のモトくんに会ったら、「なんでわざわざ男装しているんだろ？」と一瞬、戸惑《とまど》うほど。

「お飲みものは？　ハイボール？」

訊《き》きながらモモちゃん、つとモトくんの足元へ視線を落とす。「暑くない？」厨房《ちゅうぼう》にいるわたしの位置からは見えないが、彼女がなにに眉根《まゆね》を寄せているのかは判《わか》った。さきほどの入店時、モトくんがハニーベージュのストッキングを穿《は》いていたことをしっかり確認している。

たしかに暑そうだ。今日は二〇一九年、八月二十日、火曜日。東京２０２０オリンピック・パラリンピック開催まであと一年となった。

店内はそこそこ冷房を効かせているが、自身は滅多《めった》にスカートを着用しない、パンツルック派のモモちゃんにとっては文字通り暑苦しい眺《なが》めなのだろう。なにしろ一昨年、地元の女子短大を卒業した後、現在の国立四年制大学へ入りなおしたのはリクルートスーツを着るのがイヤだったからだ、と言ってはばからない御仁《ごじん》だ。

「ストッキングやタイツなんて態《てい》のいい拘束衣《こうそくい》じゃん。拷問《ごうもん》ですよ、ゴーモン。あんなの穿くくらいなら死んだほうがまし」と、のたまう。それならパンツスーツにすればいいだけの話なので、単に就職活動をしたくなかったというのが本音なのだろうけれど、モモちゃんがストッキングを忌《い》み嫌っているのはたしかだ。

いっぽうのモトくんは、ストッキングやタイツを「ぼくの第二の皮膚。というより本来の皮膚」とこれまた真面目《まじめ》くさって、はばからない。ナイロンフェチなのかなんなのか知らないが、ひょっとして女もののストッキング全般を穿くことが第一義的な目的で女装しているんじゃないかしらん、とすらかんぐってしまう。

「おトキさんだって、ほら」

とモモちゃん、わたしに微笑《ほほえ》みかけてきた。「このところ、ずっとハーフパンツなのに。え。そこからは見えない？　ハーフパンツなんです」

おトキさんとはまた、なんだか時代劇に登場する大年増《おおどしま》みたいな響きだが、わたしこと久志本刻子《くしもとときこ》は今年、五十七歳。あと三年で還暦を迎える身なので大年増にはちがいない。

ちなみにわたしのこの城は洋風居酒屋〈ＫＵＳＨＩＭＯＴＯ〉という店名が祟《たた》ってか、串カツや串焼きが食べられるものとかんちがいして来店するお客さんが未《いま》だに後を絶たない。そのたびに改名を検討するのだが、いろいろ手続きのことを考えるとめんどくさくなって結局放置のくり返し。

モモちゃん、黒と青の市松《いちまつ》模様の手帳を取り出した。

日毎《ひごと》になにが注文されたかを記録しておくための自前のメモだ。常連も含めてお客さんたちの趣味やオーダーの傾向をデータ化し、日々の接客に活用しているというから、なんとも仕事熱心なありがたい、ありがたい従業員であります。

「モトさん、ご注文は？　いつもの海老《えび》のアヒージョ？　それとも牡蠣《かき》のココットグラタン？」

「あ。オーダーは連れが来てから」

「つれ？」

メモしかけていたモモちゃん、頓狂《とんきょう》な声を上げた。「めずらしい。ひょっとして新しいカノジョ？」

「いや。みらの」

「みらちゃん？」

「なんでも、紹介したいひとがいるから、とかで」

「おおっと。さては彼氏か」

「かもね」

「あの子だ、きっと。ほら、おトキさん。この前、時広叔父さんの別荘へ、みらちゃんが連れてきていた……」

もちろん厳密には、わたしの兄、久志本時広はモトくんにとって叔父、つまりモモちゃんにとっては大叔父にあたるわけだが、彼女は「時広叔父さん」と呼ぶことが多い。

「え？」

　モトくん、口もとへ運びかけていたハイボールのグラスをコースターへ戻した。

「みらのが……え。え？　誰かを連れてきてたの？　この前の土曜日、時広叔父さんの別荘へ？」

「うん。たしか平海《ひらうみ》くんっていったかな。みらちゃんとは小学生のときに同じクラスだったことがあって、中学高校は別々だったんだけど、たまたま同じ大学の同じ学部に入ったことがきっかけで付き合うようになった、とか」

「そんな……」

「あら、どうしたんですか、モトさん。みらちゃんに彼氏ができてショック？　気分はすっかり父親のそれ？」

「い、いや、別に……」

　気をとりなおしたようにモトくん、ハイボールに口をつけた。彼が動揺しているのは姪の、みらちゃんこと忽那《くつな》みらのに彼氏ができたからではない。

　自分が予知した未来とはまったく異《こと》なる内容を聞かされたからだ。

　わたしにはよく判っていたが、いまここでその秘密を暴露するわけにもいかない。

「それで、あの……」

　モトくん、改めて口を開いたものの、言葉を探しあぐねているご様子。「え、と。ど、どんな感じだった？」

「平海くん？　別に。フツーに好青年って印象で」

「いや、そ、そういうことじゃなくて、つまり……」

モトくんの声に被《かぶ》さり、カウベルが鳴った。入店してきたのは若い男女ふたり連れ。だが、みらちゃんたちではない。

「あらあ、どうも、しゅくふん。いらっしゃいませえ」

モモちゃんから「しゅくふん」と呼ばれた正広くん、未だにその綽名《あだな》に慣れないのか、眼を細めて苦笑気味。

彼、久志本正広はわたしの兄、時広の長男で、モトくんとは同い歳《どし》の従兄弟《いとこ》同士。つまりモモちゃんにとっては従叔父《いとこおじ》にあたるのだが、「従叔父」には「いとこおじ」だけではなく「じゅうしゅくふ」という読み方もあると知ったモモちゃん、おもしろがって正広くんのことを「しゅくふん」と呼ぶようになった次第。

そんな正広くんにモトくんは、「よ。おひさ」と肩越しに声をかけながら身体《からだ》の向きを変えた。

「先日はお披露目の会へ行けなくて、もうしわけない。そちらが？」

と掌《てのひら》を上《うわ》向けて、正広くんの連れの女性を示した。「フィアンセの？」

「うん。恵麻《えま》ちゃん。金栗《かなぐり》恵麻」

「こんにちは」

ぺこりと頭を下げる金栗さん、黄金色《こがね》に染めた短めのツインテールが、コミックか映画のキャラクターのコスプレでもしているみたい。

これでもっと幼い顔だちならあまり気にならないかもしれないが、モモちゃんと同じ二十二歳とはちょっと思えないくらい成熟した色香《いろか》とヘアスタイルは正直、アンバランスだ。なんだか毒々しいくらいに。

高校時代、彼女と同級生だったというモモちゃん曰《いわ》く「直接話したことがないから、よく知らないけれど、昔の恵麻はショートカットに丸顔の、地味で全然めだたない感じの娘《こ》だった」とのことだが。

奥のテーブル席を「どうぞ」とモモちゃんに示された正広くん、頷《うなず》いて金栗さんを促《うなが》し、窓側の長椅子《ながいす》に、ふたり並んで腰を落ち着ける。

メガネに小太り、地下アイドルの追っかけでもやっていそうな、ひと昔前のいわゆるオタク的風貌《ふうぼう》の正広くんと金栗さんのツーショットはある意味、お似合い。ただし彼の、彼女より八歳も上とはとても思えない童顔っぷりが災《わざわ》いして、姉さん女房感が半端《はんぱ》ないけれど。

「めずらしいよな、素央とここで顔を合わせるって」

「かもね」

モトくん、自分のグラスを持って立ち上がると、テーブル席へ移る。

「ふたりともお店には、けっこう来てくれているけど」

向かい合って座る甥っこたちのやりとりに、わたしが口を挟《はさ》む。「たしかにこうして席をともにするってことは、あんまりないね。言われてみれば」

「だって、しゅくふんはいつも夜の開店とほぼ同時に金栗さんの同伴出勤でご飯、ていうパターンですものね」

モモちゃん、正広くんの前に生ビールのジョッキ、金栗さんの前にはレモンサワーをそれぞれ置く。

「いっぽうモトさんはだいたい閉店時刻の一時間くらい前に、ふらっとやってきて、ひとり黙々《もくもく》と。ちょうど他のお客さんたちが途切《とぎ》れるタイミングで。ほんっとに、いつもひとり。連れがいるところ、見たことない。寂し過ぎる」

「んなこと言って、もしも素央が新しいカノジョとか連れてきたりしたら、どうするんだよ」

鼻の下に白い泡の髭《ひげ》を生やした正広くん、にやにや。「心穏《おだ》やかではいられないんじゃないの、ジューテツとしては？」

ジューテツとは、これまた時代劇の剣豪かなにかっぽい響きだが、モモちゃんは正広くんにとって従兄弟の娘にあたる。すなわち「従姪」だから「いとこめい」で、正式名称は「じゅうてつ」と読ませるらしいことがその由来。

有末桃香を「モモちゃん」という愛称ではなく、「ジューテツ」と呼ぶのは正広くんだけで、これが自分に「しゅくふん」と不本意な綽名を付けたことへのささやかなる意趣《いしゅ》返しであることは言うまでもない。

「たしかに心配は心配ですよ。仮にカノジョができて、再婚ってな話にでもなったら、モトさん絶対、ウエディングドレスはオレが着る、って言い出しかねないから」

「って。そっちの心配かい」

噴《ふ》き出す正広くんの二の腕を、金栗さんは「ねえねえ」と突っつく。

「ん。なに」

「まさか、とは思うんだけど……」

金栗さんは正広くんから厨房にいるわたし、そしてモモちゃんへと順番に視線を移してゆく。そして改めてモトくんを見た。

「まさか、みんなグルになって、あたしのことを騙《だま》そうとしてる？」

「え。え。なんの話？」

「こちらの方が、ほんとに……」

上向けた掌でモトくんを示す。「ほんとに、まさピーの？」

「従兄弟だよ。有末素央。おれの親父の姉の息子。なんだ。素央が女の恰好《かっこう》をしているから驚いてんの？　女装家で、今夜も美人に化けているだろうからそのつもりで、って。ちゃんと言っておいただろ」

「うん。それはもちろん、判っていたんだけど……」

「あまりにも美人すぎて、ぶっ魂消《たまげ》た？　母親譲りってやつだな。素央のお母さん、つまり親父とおトキさんの姉さんなんだけど、生前はそりゃあもう、このおれ自身、子ども心にも胸を妖しく躍《おど》らされたくらい、玲瓏《れいろう》たる絶世の」

「ちがうちがう。そうじゃなくって、その、つまり、この方が……」

「ジューテツとあまり歳が変わらなそうだから？　たしかに父親と娘という年齢差じゃあないよな。いいとこ姉と妹で」

からん、と正広くんを遮《さえぎ》るようにしてカウベルが鳴った。入ってきたのは今度も若い男女ふたり連れ。

わたしは一瞬、新規の客かと、かんちがいしかけたのだが。

「いらっしゃい」と声をかけるモモちゃんへ向けるその甘えるような笑顔でようやく、その娘がみらちゃんこと忽那みらのであると判った。

「叔父さま」

アニメ作品のヒロインのもの真似《まね》でもしているみたいな剽軽《ひょうきん》な仕種《しぐさ》でモトくんに向け、掌をひらひら。「お待たせ」

「あれれ。誰かと思った」

立ち上がり、自分が座っていた椅子《いす》を勧《すす》めながらモトくんも戸惑っているご様子。「すっかり見ちがえた。またずいぶんと急激なイメージチェンジを」

わたしもびっくり。ほんの先週末、兄の時広の常世《とこよ》高原の別荘で会ったときの彼女は、市松人形を連想させる前髪だけおかっぱのロングヘア、体形隠しの意図が少々過剰気味のデザインの服など、中学高校を通じ一貫していたザ・忽那みらのそのまんまだった。

それがどうだ。いまのみらちゃん、腰まで届きそうだった髪を、ばっさりカット。すっきり、涼しげなショートボブ。

Tシャツにジーンズという恰好も別人かと見紛《みまご》うほどスリムで、ひょっとして短期間に無謀なダイエットでもやらかしたんじゃないかしらと危ぶんでしまう。

「いきなり痩《や》せた？　それともオーバーサイズ・ファッションをやめただけ？」

「もう大学生だからね」

モトくんと入れ替わりに正広くんの真向かいに腰を下ろしたみらちゃん、自分の隣りの椅子を連れの男性に勧める。

が、肝心《かんじん》の彼、平海くんは心なしかぼんやりとした態で佇《たたず》み、正広くんの斜《なな》め前の席へ移るモトくんを見ている。

「もういろいろ鎧《よろい》は必要なくなったから、重い女はやめた」

「みらのって重い女だったの？　まああたしかに、いろいろ身軽そうになったけど、いいんじゃない。ちょうどこれから季節的にも。涼しげで」

「実は髪は今年の一月にひそかにもう、ばっさりやっちゃってたんだよね。高校の卒業式にショートヘア・デビューしようと狙《ねら》っていて」

「え。ほんとに？」

「でも土壇場《どたんば》でチキンになりそうな予感もあったから、しっかりと元の髪形のウイッグも用意しておいた。そしたら案《あん》の定《じょう》」

「じゃあ、あれってウイッグだったの、ずーっと？」

思わず口を挟むわたし。「先週、車で別荘へ向かうときも、ずーっと？　ぜんっぜん気がつかなかった」

みらちゃんは実父がヒスパニック系アメリカ人で、名前にひっかけて同級生たちから「みらのってさあ、痩せたらミラ・ジョヴォヴィッチ並みにキレイになりそう」とか、いじられていたそうだが、こうして見るとそれはあながちお世辞《せじ》や冗談ではなかったというお話になりそう。

「別荘でのパーティーで重くない、軽い女デビューしようかとも考えていたんだけど、決心がついたのはその後。結局およそ半年間、ずっとウイッグを被り続けのチキン状態だったってわけで……あれ？」

身体を捩《ね》じって肩越しに厨房のほうを向いたみらちゃん、そこでようやく平海くんがテーブルの傍《かたわ》らで突っ立ったままであることに気づいたようだ。

「どうしたの、由征《よしゆき》くん。座ったら？」

平海由征くん、みらちゃんの声が聞こえているのか、いないのか、妙にのろのろと身体を傾け加減に、わたしをまじまじと凝視《ぎょうし》してくる。

「あの……え、えーと」

おしぼりと水をテーブルに置こうとするモモちゃんを避けるようにして両腕を拡《ひろ》げながら、身体を一回転。「いや。いやいやいや。駄目ですよ、みなさん」

もう一度わたしに据えた視線を今度はモトくん、そしてみらちゃんへと順次、移してゆく。「判ってますよ。判っています。みんなでグルになって、ぼくを担《かつ》ごうとしているんでしょ？　如何《いか》にもこちらの女性が、みらのちゃんの叔父さんであるというふりをして、そして……」

平海くんが言い終えないうちに店内、どッと大爆笑。先刻の金栗さんの反応とそっくりだったからなのだが、そんな事情を知らない平海くんは一瞬、むっとしたような表情になる。

「いやいやいや。あたしたち別に、そんな変なお芝居、していないし」

みらちゃんにけらけら笑い飛ばされた平海くん、ようやく彼女の隣りの椅子に腰を下ろす。

奇《く》しくも金栗さんと平海くん、今回の面子《メンツ》のなかではモトくんと初対面の者同士で向かい合うかたちになった。

「どうもはじめまして。有末素央です」

金栗さんと平海くん、交互に会釈《えしゃく》するモトくん。「正広の従兄弟で、みらのの母方の叔父です」

「現在のあたしの保護者でもあります」と、みらちゃんが補足。

一昨年《おととし》の二〇一七年、みらちゃんの母親である忽那加奈子《かなこ》が三十六歳で急死。母校〈私立斑鳩《いかるが》女子学園〉で外国語指導助手《ALT》だった男とはついに籍を入れぬまま二十歳で別れて以降、シングルマザーだった。

その翌年、二〇一八年にはみらちゃんの祖父、忽那元章《もとあき》が七十三歳で他界。

ちなみにわたしの姉、旧姓久志本、忽那年枝《としえ》は元章の後妻で、遡《さかのぼ》ること七年前の二〇一二年に死去している。

少しややこしいが、ここで身内の相関図を、ざっと整理しておこう。

モトくんこと有末素央は、忽那元章と年枝の息子で、みらちゃんの母、忽那加奈子とは異母姉弟という関係。それがなぜ有末姓なのかというと二〇〇九年、モトくんが二十歳のときに十七歳上の有末果緒《かお》と結婚したからである。それに伴《ともな》い、有末果緒の連れ子だったモモちゃんこと有末桃香はモトくんの義理の娘となった。

モトくんとの結婚から五年後の二〇一四年、有末果緒は死去している……殺人事件の被害者となって。

「桃香のお継父《とう》さんということは素央さんは、あの作家の有末果緒さんの旦那さんだったんですよね？」

口を挟む金栗さんを横眼に、気をとりなおそうとしてか、彼女と同じレモンサワーを注文する平海くん。こらこら、きみはまだ未成年でしょと指摘すべきかどうか迷ったが、まあおそらく、とっくに大学のコンパなんかでも飲んでいるだろうし。

「あたし、読んでました、奥さまの本。高校生のとき。同級生の有末さんのお母さんだと知っていたんだけど、当時は桃香とは学校でもほとんど言葉を交わす機会もなくて。少なくとも、サインをもらってきて欲しいって頼めるほど親しくなかったから」

唐突に金栗さんの表情が曇った。「でも、あたしたちが高二のときだっけ、地元在住作家の有末果緒が殺害されたって衝撃的なニュースを見て。しかもその犯人というのが……」

そこで、はっと我に返ったかのように金栗さん、口を噤《つぐ》んだ。

むりもない。有末果緒を殺した後、自ら命を絶ったのはよりにもよって、モモちゃんの実父、轟木《とどろき》克巳《かつみ》だったからである。

「有末果緒さんの作品って、たくさん映像化されていて、ロングセラーも多いですよね。

すごいですよね」

ことさらに明るい口ぶりでそう執《と》り成す平海くん。「いまでも書店には著書が、ずらっと並んでいるし。あの著作権はいま素央さんが持っているんだ」

「お蔭《かげ》さまで」

モトくん、言葉の選び方をまちがえたとでも悔やんでいるのか一瞬、微妙な表情。「こうして無職でありながらも亡き妻の知的財産による不労所得で生きていけています」

「だよね、叔父さまったら」

冗談めかしてはいるものの、みらちゃん、ちょっと厭味《いやみ》ったらしく聞こえた。「奥さんのだけじゃなく、お祖父《じい》ちゃんの分も増えたしね」

「え。どういうこと?」

戸惑う平海くん。「お祖父さんの遺産なら、みらのちゃんだって相続権があるだろ?」

「ママが死んだときに、お祖父ちゃんの財産って事業がらみのものが大部分だから、自分が死んだときに会社の人に面倒をかけないように、個人的な部分を整理して、あたしと叔父さまとであらかじめ分割しておいた。でもその後、お祖父ちゃんが死んだとき、会社の人たちの要望で、一部の事業を叔父さまが引き継ぐことになったの」

高名な資産家だった忽那元章の事業を、一部とはいえ継承したモトくん。亡き妻の印税も加えて、いまや大富豪と称してもあながち大袈裟《おおげさ》ではない。

「でもさ、素央はいま、みらのちゃんの保護者であり、唯一《ゆいいつ》の身内なんだからさ」

モモちゃんに生ビールのおかわりを注文する正広くん。「素央の財産は、みらのちゃんの財産も同然じゃん」

「いまのところはね。でも、もしもいま叔父さまが死んだとしたらその遺産は全部、桃香さんが相続するんですよ。あたしはしょせん姪。桃香さんとはちがって、叔父さまの子どもじゃないいんだから」

みらちゃんのそのひとことで一瞬、彼女とモモちゃんとのあいだに嫌な空気感を伴う緊張が走った……ような気がした。

厳密に言えば、義理の父娘間で即、相続とはならない。モトくんの財産をモモちゃんに相続させるためには遺言で指定するか、彼女を養子にするか、どちらかが必要となる。が、あるいは、すでに手続済み、ということなのか？

遺産相続。その言葉にわたしはいま、ちょっと過敏になっているのかもしれない。

からん、と今宵《こよい》、四度目のカウベルが鳴った。

「おっと」

入ってきたのは久志本時広。

正広くんの父親で、わたしの兄だ。ネクタイを緩《ゆる》めたスーツ姿。

今夜は別にみんなで示し合わせて予約を入れていたわけでもないのに、なんだか身内だけでの集会の様相を呈してきて、お店は貸切状態である。

「これはこれは、みなさん、お揃《そろ》いで」

破顔《はがん》して店内にいるひとりひとりに会釈して寄越《よこ》す時広。来年還暦で、額《ひたい》はだいぶ後退しているが、息子の正広くんに負けない童顔が幸いしてか、ふたつ歳下のはずのわたしのほうが姉だとまちがわれることもしばしば。

「時広叔父さん、先日はどうも」

モトくん、女性にしか見えない優美な仕種で立ち上がり、深々と頭を下げた。「すみませんでした。せっかくのお披露目の会へ行けなくて」

「いやいや、気にするな気にするな。東京での用事はもう済んだのか？」

「は、はあ、まあ。お藤さまで……」

「なんにせよ男が忙しいのは、けっこうなことだ。それにしても、この顔ぶれは見事に土曜日のパーティーの再現だなあ」

たしかに。唯一、異なっているのは土曜日には別荘へ来なかったモトくんがいま、みんなといっしょにいるという点。

「あ、あの、久志本さん。先日は、ほんとにありがとうございました」

モトくんにつられたのか、平海くんもおずおずと立ち上がり、何度もぺこぺこ、頭を下げる。

「なんだか、そ、その、部外者のぼくまでご招待いただいて。ご馳走《ちそう》になっちゃった上に泊めていただいて」

「なにを水臭い。みらのちゃんのお友だちなんだから、身内同然ですよ」

「とても楽しかったです」

「それはよかったよかった」

「すごく立派な別荘で。びっくりしました。まるでホテルみたいで。あんなにたくさん部屋があって。しかもその、ひと部屋ひと部屋が、ひとりで泊まるのはもったいないくらい広くて、豪華で」

「はっはっは。お気に召したようで、なにより。次は、もったいなくないよう、どなたかと同室になれるといいですな」

昭和のオヤジ的軽口をかましておいてから、本日のメニューを記《しる》したホワイトボードへ視線を移す我が兄。

「なになに、今日のサラダは。ふむ。ローストチキン……か」

「だから、いつもあるわけじゃない、と言ったでしょ、スモークサーモンは」

「そうなんだが、うーん、残念」

期待していたクリスマス・プレゼントをもらえなかった子どもさながら、意気消沈する兄の表情が可笑《おか》しい。

土曜日に別荘でふるまった自家製スモークサーモンを時広はことのほか気に入ったようで、いつになく感に堪《た》えないという身ぶり、口ぶりで「絶品だ」とか「店でも出して欲しい」と激賞。こちらは話半分に「たまに本日のサラダで出しております」と応じたが、まさか、ほんとにそれ目当てで店へやってくるとは。

「あ。あのスモークサーモン、ほんっとに美味《おい》しかったですよね」

太鼓《たいこ》持ち気質は言い過ぎかもしれないが、言動がいちいち時広に対するお追従《ついしよう》っぽい平海くん。そんな彼を手振りで、座るように促す時広。

「刻子、すまんが、わしは出なおすことにするよ。いやいや、ローストチキンが駄目だってことじゃないから、気にしないでくれ。若いひとたちばかりのところへ、こんな爺《じじ》いが交ざっても興醒《きようざ》めだろ。じゃ、またな。みなさん、どうかごゆっくり」

＊

「どう足掻《あが》いても未来は変えられない、運命は受け入れるしかない……と、これまで思っていた」

さっきまで金栗さんが座っていた席でモトくん、溜息《ためいき》をついた。「けれど……けれども実際、こうして変わってしまった」

「あの日、時広叔父さんの別荘で、あんな惨劇は起こらなかった。誰も……誰も殺されることなく、終わった。すべて平常に。みんな生きている。時広叔父さんも、正広も、金栗さんも。桃香も、みらのも」

「そうみたいね」

「そしてモトくんも、ね」

さっきまで平海くんが座っていた椅子に、わたしは腰を下ろした。

八月二十一日に日付の変わった午前零時《れいじ》、数分過ぎ。閉店した〈KUSHIMOTO〉にいまいるのはモトくんとわたし、ふたりだけだ。

さきほどからモノクロの『カサブランカ』の映像を無音で流しているテレビを、わたしはリモコンを操作し、消した。いつも店仕舞《じま》いをしてから、こうして古い洋画をかけるのが昔からの習慣だが、あとかたづけが終わればすぐに消灯、戸締まりをして、帰宅する。映画そのものに興味があるわけではないので、ラストまできちんと観《み》たことがない、という作品も何本か、あったりする。

その内容だけではなく、出演している男性俳優陣にもいっさい関心がない。『カサブランカ』の場合で言えば、わたしの眼中にあるのはハンフリー・ボガートでもなければポール・ヘンリードでもなく、ただイングリッド・バーグマンのみ。

普段ならば、この後、さっさと帰宅して、寝室のテレビで『誰《た》が為《ため》に鐘は鳴る』あたりを無音で流しながら眠りに就《つ》くところだが、今夜はそうもしていられない。これからモトくんと、重要な「夢の答え合わせ」が待っているからだ。

「でも、未来は変えられるかもしれない。わたしはそう思ってたよ」

「え」

「わたしだけじゃない。あの予知夢を見たモトくんだって、当初はこれが自分の運命だと一旦《いったん》は諦《あきら》めていたはず。そうでしょ？」

「それは……はい、そうですね」

「でも悩んだ末、土曜日には別荘へは行かない選択をした。それは、予知夢が描き出した未来の内容を変更できるかもしれない、という期待があったからこそでしょ」

「ああいうかたちで……」

虚空《こくう》を見据えるモトくん、一旦ごくりと声を呑《の》み下した。

「すぐ眼の前で正広の喉《のど》を切り裂いたあの黒ずくめの殺人鬼に、ぼくもまた腹を刺されて、倒れた。必死に躱《かわ》そうとしたけれど、馬乗りになられて、さらに喉を刺されてしまった……」

「わたしは、無我夢中だったんでしょうね、血まみれの包丁を持ったままモトくんに覆《おお》い被さる殺人鬼めがけて突進した。二の腕を切られて、あっさり返り討ち。まあ結果的にはその傷で冷静になって、救《たす》かったという見方もできるかもしれないけれど。その詳《くわ》しい経緯は、また後で話すとして」

「ああいう、なんとも非日常的なかたちで殺されてしまうのがぼくの運命ならば、たとえ叔父さんの別荘へ行かなかったとしてもあの黒ずくめの殺人鬼が自宅まで押しかけてくるかもしれない。けれど、押しかけてこないかもしれない。はい。その一縷《いちる》の望みに縋《すが》っての選択だった。それはたしかです」

俯《うつむ》いて嘆息《たんそく》したモトくん、急に、ぎょッとしたように顔を上げた。

「ちょ、ちょっと待ってください。叔母さんは……叔母さんは、未来の内容は変更されるかもしれない、と思っていたんですよね。その上で、敢《あ》えて土曜日、別荘へ行ったんですか？」

わたしは頷いた。

「予知夢によれば、叔母さんは唯一、あの謎の殺人鬼の魔の手から逃れられた。先に殺されたぼくはそれを見届けていませんが、その保証を当てにしていたからこそ、別荘へ行ったんだと思っていた……」

再び頷くわたし。

「でも、予知夢が描き出す未来の内容が決して確定事項ではなく、変更され得るものなのだとしたら叔母さんだって、ぼくや正広の代わりにあいつに首や腹を刺されて、死んでいたかもしれないじゃないですか」

「いま思えば、そうだね。そのとおりなんだけど。モトくんに続いて、このわたしまでパーティーに不参加となると、あまりにも干渉過多《かんしょう》なんじゃないか、と。つまり未来に対してね」

「過干渉、ですか。未来に対して」

「だいいちもしもわたしが行かなかったら、いったい誰が食事を用意するんだって話になって、お披露目会そのものが中止、または延期になるかもしれない。本来、起こるべきはずだった出来事を無かったことにする作為は、なるべく少なくしておいたほうがいいと思ったの」

「なるほど」

わたしの説明にモトくんは合点《がてん》がいった様子だった。が、ほんとはちがう。

惨劇が起こると予知していながら敢えてわたしがその現場となる兄の別荘へ赴《おもむ》いたのはひとえに、できることならばモモちゃんの命だけでも救いたい、いや、モトくんのためにも救わなければならないし、状況的にそれができるのはわたしだけだ、との使命感ゆえだった。

しかしその心情を正直に伝えるのも、どうだろう。モトくんとしては戸惑うしかないのではないか。

そう思っているとモトくん、ひどく自嘲《じちょう》的に顔を歪《ゆが》めた。

「いまさらだけど、ぼくのとった行動って、あまりにもエゴイスティックでしたね」

「自分だけ逃げて救《たす》かろうとした、って意味で？　他のみんなを見殺しにして？」

「土曜日になにが起こるか予知していたのなら、ぼくはむしろ敢えて別荘へ行って、あの殺人鬼の暴走を喰い止める努力をするべきだった。それが桃香や正広の、あんな無惨な姿を目《ま》の当たりにした者としての務めだったのに」

　モトくんはわたしとちがい、みらちゃんや時広の遺体を直接、目の当たりにはしていないのだ。

「でも結局、惨劇は起こらなかったのよ。それはもしかしたら、モトくんがパーティーをキャンセルしてくれたから、なのかもしれないじゃない？」

「それは……いや、それは、さあ、どうなんでしょう」

　その自信なげな口調とは裏腹に、自分が別荘行きをキャンセルすればあの惨劇は回避できるという確信がモトくんにはあったと、わたしは見ている。そうでなければ、他の誰の生死に頓着《とんじゃく》せずとも、彼がモモちゃんを見殺しにするような真似にだけは及ぶはずがない。絶対に。

　とはいえ、そんなモトくんも自分の見込みの根拠が奈辺《なへん》にあるのやら、いまいち言語化できないもどかしさを持て余しているのだろう。その困惑を解《と》きほぐしてあげることも今夜の「答え合わせ」の目的である。

「未来は大きく変わった。わたしたちの干渉によって」

うっかり「わたしたち」と口走ってしまったが、ここは「モトくんによって」と言うべきだっただろうか？　そう思い当たって、ひやりとしたが、さいわいモトくんはその言い回しには特に引っかかってはいないようだ。まあどのみち、後ですべて説明しなければならないことなのだが。

「予想以上に大きく変わりました。あの殺人鬼による殺戮《さつりく》劇そのものが起こらなかったのはもちろん、なかでもびっくりしたのは、みらのが別荘へ彼氏を連れてきていた、ってこと。あの平海くんて、叔母さんのほうの予知夢にも登場していませんよね？」

わたしは頷いた。「それともうひとつ、大きな変更があったんだ」

「え。なんです」

「時広の婚約者だという猪狩《いかり》さんて女性は土曜日に、別荘へは来なかった」

「は？」

泣き笑いのような顔になるモトくん。「え。どういうことです？　そもそもパーティーの趣旨《しゅし》は正広のフィアンセの金栗さんと、時広叔父さんのフィアンセである猪狩さんの同時お披露目だったはずでしょ」

我ながら機械的に頷くわたし。

「それがどうして主役不在なんて事態に。急病かなにかですか」

「時広曰く、土壇場で婚約を破棄《はき》されたんだって」

「あり得ない」

ほとんど呻《うめ》くようにして声を搾《しぼ》り出すモトくん。「いったいなにがどういう因果で、そんなとんでもない歴史改変が……」

実はそれは歴史改変でもなんでもない、単なる規定路線なのだが、いきなりそれを暴露してもモトくん、混乱するだけだろう。段階をひとつずつ踏んでゆこう。

「現実の土曜日の別荘であの惨劇が起こらなかったこと自体が、とんでもない歴史改変じゃない。とにかく、お互いの予知夢の答え合わせを始めましょ」

モトくんとわたしが先週に見た予知夢の全容を開陳する前に、この特殊能力についていろいろ説明しておこう。

ざっくり言うとそれは「確定している未来の事象を事前に幻視する」能力である。

お断りしておかないといけないのは、モトくんとわたしが見る予知夢は決して「きたる何月何日に○○が起こるであろう」といった御告《つ》げの類《たぐ》いではない、ということ。ただ一定の未来に於《お》ける自分たちの体験を夢のなかで先どりするだけなので（例えばテレビのように画面下に「これは西暦○○年○月○日の映像です」といった親切ご丁寧《ていねい》なテロップも出てくれないので）、それがどういう状況で、なにが起こっているのか、その場ではすぐに理解できないことも多々ある。

例えば、いまから七年前。二〇一二年の十月十九日の明け方に、わたしはこんな夢を見た。

時刻は午後三時頃で、わたしは店で仕込み中。そこへモトくんから電話がかかってきて、こう訊く。（もしかして母さん、そちらへ行っていませんか？）

なにかあったのかと問い返すと、大腸癌《がん》の手術で入院中の夫、忽那元章を見舞う予定のはずの年枝がいっこうに病室に現れないらしい。携帯もつながらないが、なにか心当たりはないか、と。

（てっきり果緒さんといっしょかと思っていたんだけど……果緒さんも全然、心当たりがない、って）

わたしも姉にメールしたり、留守電にメッセージを入れてみたりしてみる。が、いっこうに返答がない。

そうこうしているうちに時刻は夜の八時。営業中のお店へモトくんから電話が。曰く、いま警察から連絡があった、と。

（母さんが発見されたんだって……心肺停止の状態で……車のなかで）

ざっとそういう内容をモトくんは彼の立場から体験する夢を、わたしと同じ十九日の明け方に見たわけだ。

この時点では彼もわたしも「連絡がとれなくなっていた忽那年枝の遺体が車のなかから

発見される」という未来は具体的に何月何日の出来事なのかとか、彼女の死因はなんだったのかなどの詳細はいっさい判らない。従って目が覚めた後で年枝本人に注意喚起しようとしても、なかなかうまくいかない。「元章さんのお見舞いへは、いつ行くの?」とか「車の運転には気をつけてね」とか通りいっぺんに声をかけるのが、せいいっぱい。

そして同じ十九日の、午後から夜にかけてモトくんとわたしは明け方に見た夢の内容を追体験することになるのだが、その時点では姉が病院へ向かう途上、運転中に心筋梗塞《こうそく》を起こしたことや、かろうじて停車したのがたまたまひと通りが少ない場所だったために発見が遅れたことなどは、まだ知らない。

お判りいただけただろうか? 便宜《べんぎ》上、予知夢と称してはいるが、別に神から啓示などを受けるわけではない。

自分たちの夢のなかで直接、見たり聞いたりしたこと以上の情報は得られないのだ。

もちろんわたしたちの調査能力の範囲内で再生(予知の追体験)当日前後のさまざまな付随《ふずい》的関連事実は判明し得る。それが事実として確定した未来である限りは。

それがなぜか今回に限っては、「あり得たかもしれない未来」であると同時に「現実には起こらなかったと、すでに確定した過去」を予知夢として見たことになってしまった。

ちなみにモトくんとわたしの特殊能力である予知夢は視点が異なるだけで、細部に至るまで常に同じ内容だ。なぜなのかはともかく、完全にシンクロしているのである。これまでにも親族や知己《ちき》の事故とか葬儀とか、ひと死にかかわる不吉な夢を見るたびに互いのディテールを照応し合い、確認してきた。が。

今回ばかりは事情が異なる。これからモトくんとわたしが予知夢の答え合わせをやろうとしているのは、いったい誰が、なんのために時広やモモちゃん、モトくんたちを殺した（いまとなっては正確には、殺そうとした）のかが判らないからだ。少なくともモトくんには皆目《かいもく》見当がつくまい。そう。まさしく未来が変わってしまったがために。

仮にモモちゃんやモトくんたちが現在進行形で誰かに深く怨《うら》まれているのだとしたら、先週の別荘での事件は回避できているとしても、これからも命を狙われるリスクは継続する理屈になる。モトくん自身、それは痛いほどよく判っているわけだ。

その現状に対応するために、誰が犯人で、動機はなにかを解明するヒントがふたりの予知夢のなかに埋もれていないか。その検証が今回の答え合わせの目的である。

モトくんとわたしが問題の予知夢を見たのは、起こるはずだった惨劇の二日前、八月十五日の木曜日の夜。正確には日付が変わって十六日金曜日の午前零時過ぎ。

「モトくんの夢はどのへんから始まるんだっけ。やっぱり車で常世高原へ向かっているシーンから？」

「はい。国道沿いの道の駅に寄ったところからでした。みらのが、山道へ入る前にトイレに行っておきたいから、って」

「確認なんだけど、そのとき、車に乗っていたのは、みらちゃんとモトくん、ふたりだけ？」

「はい」

「他には誰もいなかった？」

「もちろんです。なぜそんな……」

顔を上げたモトくん、ぎょッとしたように眼を瞠《みは》った。「……少なくとも後部座席には誰もいなかった。それはたしかだけど。もしも何者かが、こっそりトランクに隠れていたりしたら、気づかなかったかも」

安手のサスペンスドラマはだしの可能性を真剣に検証している自分を滑稽《こっけい》に感じたのだろう、苦笑いするモトくんだったが、すぐに真顔に戻る。

「あるいは知らないうちに、誰かが車でぼくたちの後を尾《つ》けてきていたのか……荒唐無稽《こうとうむけい》は荒唐無稽だけど、実際にああいう、とんでもない凶事に及んだ人物がいるんだ。そいつがどういうルートで別荘へ来たのかは、重要なポイントですよね」

どうやらモトくんは部外者犯行説を想定しているようだが、残念ながらその可能性は排除しておいて差し支《つか》えない。ただ、その理由をここで披露《ひろう》しても説明がとっちらかりそうなので、後回しにする。

「叔母さんのほうも、車で別荘へ向かっているところからですか」

「わたしはモモちゃんに手伝ってもらって、仕込んでおいたスモークサーモンやら和牛のブロックやら人数分の食材をワゴンに積み込んでいるところから。あのシーンで、すぐに判った。あ、これって今度の土曜日のお昼前だな、これから時広の別荘へ向かおうとしているんだな、と」

くどいようでもうしわけないが、いまわたしたちがやっている答え合わせは、あくまでも「起こるはずだったのに、実際には起こらなかった出来事」なのである。

この点を重ねて強調するのは、従来の予知夢とはわたしたちにとって確定された現実とイコールだったにもかかわらず、今回はあっさりと「無かったこと」になってしまっている状況にいささか混乱しているからだ。

「そういえば桃香と叔母さんは、ぼくたちより二十分くらい遅れて到着しましたね」

モトくんとわたしの予知夢がシンクロしているのはその内容だけではない。それを見ている実際の時間帯も概《おおむ》ね重なっている。

今回の場合、十六日の金曜日、午前零時半から六時半まで。インターバルを挟んでの正味六時間が夢の上映タイム。ちなみにこの場合のインターバルとは、映画館での途中休憩のようなものと考えて欲しい。この間、モトくんとわたしは一時的に目を覚ます。それが文字通りのトイレ休憩になるかどうかはそのときのそれぞれの状況によるが、夢の第二幕へとふたりが戻るタイミングは（お互いの話を突き合わせてみる限り）ほぼ同時。

ともに独《ひと》り暮らしのモトくんとわたしは別に、普段からお互いの日常生活のルーティンを把握したりはしていない。同居家族でもなければ、就寝起床時刻を示し合わせた結果でもないふたりの予知夢の上映タイムが、なぜこんなにぴったり同期するのか。その理由は不明だ。

別々に暮らすわたしたちの睡眠時間帯がたまたま合致することで、この不可思議な現象が誘発されるのか。

それとも予知夢そのものが、発生とともに互いの深層意識へと未知の働きかけをして、わたしたちを同時就寝、同時起床へと導《みちび》いているのか。

夢のなかの時間経過とわたしたちの実際の睡眠時間も、ほぼ同期しているようだ。きっちり確認したわけではないが、そんな気がする。

ただし、では六時間眠ってわたしたちが見る夢はイコール六時間分の内容なのかというと、必ずしもそうではないのがややこしいところだ。問題はインターバルで、実際のトイレ休憩がたとえ数分であっても、夢の第一幕と第二幕の間は何時間も経過していたりする。

詳細はこれからおいおい説明してゆくが、何度体験してもさまざまな法則性に関する疑問が付いて回る。

そんな数々の疑問などはいくら考えてみても、そもそも予知夢という現象自体がなんなのか、どうして起こるのか、まるで謎なのだから、まあ詮《せん》ない話ではあるのだが。

「道の駅へ寄った後は？　車内での、みらちゃんの様子は」

「様子と、いいますと」

「なにか変わったことはなかったの」

「別に。ずっと助手席でスマホをいじっていました」

「会話とか、全然なし？」

「弾《はず》んでいたとは言えないけど。ぽつりぽつりとは」

「例えば、どういう内容の」

モトくん、困惑気味に眼を瞬《しばたた》く。「そんなこと、重要ですか」

「だって、みらちゃんは被害者のひとりじゃない。犯人の素性《すじょう》とかその動機につながるなにかを、直接的ではないにしても間接的に、口にしているかもしれない」

「うーん。これといって変わったやりとりはしていない、と思いますけど。例えば、正広のフィアンセの金栗恵麻さんって桃香の同級生らしいよ、とか。時広叔父さんのフィアンセの猪狩さんてひとは、いまは別のお店へ移っているけど、以前、金栗さんと同じバーラウンジに勤めていたらしい、とか」

「えと。それはどちらもモトくんの発言ってことでいいのね。みらちゃんの反応は？」

「ふうん、とか、へえぇ、とか。基本、上《うわ》の空って感じ」

「他には」

「そんなものだったと思いますけど」

「ずっとスマホをいじっていたと言ったけど、そのあいだ、みらちゃんに電話がかかってきたりはしなかったの。あるいはDMとか、LINEとか」

「LINEかな？　と思った着信は一度あったな。ぼくは最初、それが後部座席から聞こえたような気がして。ショルダーバッグに入れている自分のスマホかな、と思ったんだけど。みらのが、あたしへの着信だよ、と」

「それはたしかなことなの？」

「え」

「その着信音がみらちゃんのじゃなくて、ほんとはモトくんのスマホだった、という可能性はないの？」

「それはありません。というのも別荘へ着いて、ショルダーバッグからスマホを取り出そうとしたら、見当たらなかった。自宅に忘れてきていたんです」

「なるほど」

「叔母さんのほうは、どうなんです。桃香といっしょに別荘へ向かうあいだ、なにか変わったことは？」

「やっぱり金栗恵麻さんと猪狩さんの話になった。金栗さんてモモちゃんの同級生だそうだけど、どんなひと？　そう訊いてみたら、高校生のときは一度も話したことがないし、よく判らない、と。ただ現在の彼女は、お店のお客さんとしては上質の部類だとは思います、と。そういう答えだった」

その如何《いか》にも無難で模範解答的な言い方からして、モモちゃんはおそらくお店の従業員とその客以上の関係性を金栗さんとは築きたくないのだろう。少なくともわたしは、そんなふうに感じた。

「猪狩さんについては」

「実際に会ってみないと判らないとはいえ、そのひとって時広叔父さんの財産目当てなんじゃないですかねー、なんて言ってた、モモちゃん。冗談めかしてだけど」

「正直ぼくも、最初にこの再婚話を聞いたとき、真っ先にそれを疑いました。時広叔父さんとは父娘《おやこ》ほども歳が離れていて、しかも行きつけのカラオケスナックの従業員だった女性だというから。ちょっと偏見かもしれませんけど」

「そういう意味では金栗さんだって、財産目当てかもしれない」

「まあ、正広の事業も順調のようですし」

「それだけじゃなくて。時広の財産は、いずれ正広くんがすべて相続するわけでしょ。その正広くんと正式に夫婦になれば、金栗さんにとっては時広の財産もすべて自分のものも同然、ってことになるじゃない」

ふとモトくんの表情が険《けわ》しくなった。

彼がなにを考えているか、わたしには手に取るように判る……予知夢のなかで時広と正広父子が殺害されたのは、叔父の莫大《ばくだい》な財産絡《がら》みなのか？　と。

しかし八月十七日の段階ではどちらのカップルもまだ婚約段階で、猪狩嬢にも金栗嬢にも相続権は発生していない。だいいち金栗恵麻自身、謎の殺人鬼によって絞殺されているわけで……云々《うんぬん》と。

「実はそれに関して、モトくんがまだ知らない事実がある。正広くんと金栗さんて、とっくに入籍済みらしいの」

「え。ほんとに」

「土曜日に実際に別荘へお披露目会へ行って、そこで初めて聞かされたんだけど」

「じゃあ金栗恵麻さんは、もうとっくに久志本恵麻さんなわけか」

モトくん、しばし考え込んだ。「……その点も変更された未来の一部なんでしょうか。予知夢では正広と金栗さんが入籍済みだと公表するシーンはなかった。少なくともインターバル以外では。けれど……」

「そうだね。インターバルのあいだに正広くんがそう明かしていた可能性はあるから、その点での未来改変はなかったかもしれない。でも、あったかもしれない。そこは五分五分かな」

「おかしいな。せっかく金栗さんを連れてきているのに、なんで正広のやつ、さっき、そのことを言わなかったんだろ？　ぼくが彼女を指して、こちらがフィアンセの？　って訊いたときにちゃんと、いやいや、もう籍は入れたんだ、と」

「挙式や披露宴を終えるまでは、まだまだ婚約者気分に浮かれていたいんじゃないの。それに正広くんにしてみれば、入籍のことについては土曜日に公表しているんだから、わたしたちのうちの誰かから、とっくにモトくんの耳にも届いているものと思ったんじゃないかしら」

「そんなところなのかな。でも、冗談めかしてとはいえ、財産目当てじゃないか、みたいな陰口を叩くなんて、なんだか桃香らしくないというか……いや、実際に猪狩さんというひとに会ったことがあるのならばまだしもですけど、これから紹介してもらうという段階で、そんな」

「それには実は、ちょっとした伏線があってね……」

この話、モトくんが気を悪くするんじゃないかしらという逡巡《しゅんじゅん》はあったが、やはり推理検証のためには包み隠さずに説明しておいたほうがいいだろう。

「最近、時広がここへ食事をしにくるたびに、必ずと言っていいほど話題に上げるのがモトくんのこと」

「ぼくの？　どんな話をするんです」

「妻に先立たれてもう五年も経《た》つんだから、そろそろ女装なんかにうつつを抜かしていないで、再婚のことを真剣に考えなきゃいかんぞ、って」

「ははあ、そういう」

「女の恰好をしているからって別にオトコが好きなわけじゃないのなら、新しい嫁さんをもらったほうがいい、まだ三十歳なんだから、って。素央さえよければ、オレの伝《つて》で見合い相手を紹介してもらう、なんて言い出すことも」

「なんというか、如何《いか》にも昭和の男的な」

「時広がこの話をするたびに、もちろん口にはしないんだけれど、モモちゃんが内心ムカついているのがびんびん伝わってきて、はらはらする」

「桃香が？　どうしてです」

「だって、これって時広は暗に、モモちゃんを牽制《けんせい》しているも同然だから。オマエもいい歳なんだから継父の人生の再出発を邪魔するんじゃないぞ……と」

「は。え？　まさか。叔父さんは、ぼくが再婚しようとしないのは桃香が足枷《あしかせ》になっているから、なんて考えているんですか」

「もちろんストレートにそう主張するわけじゃないよ。だけど、わたしに話しているふりをして、あからさまに聞こえよがしなのよね、モモちゃんに対して」

モトくん、哀しそうな、情けなさそうな、なんとも複雑な色合いに表情が翳《かげ》る。

「穿ち過ぎかもしれないけれど、これを突き詰めると時広は要するに、モモちゃんにも、さっさと嫁にゆけと、せっついているのよ。四年制大学に入りなおすなんて悠長《ゆうちょう》な真似をしていないで、早く素央を身軽にしてやれよ、と」

「いや、身軽に、って。桃香とぼくは義理の父娘とはいえ別に、いっしょに暮らしているわけじゃないし。関係ないと思うけど」

「時広オージは関係あると考えているよ。少なくともモモちゃんはそう確信している。自分が当てこすられていると感じ、苦々《にがにが》しく思っている」

「時広オージ？　なんですかそれ」

「彼、モモちゃんにとっては大叔父という続柄だから、時広大叔父を縮めて時広オージってことだろうけど。どうも今回はわざと、プリンスのほうのオージに聞こえるように発音してたっぽい」

モトくんに再婚を勧めたりする前に、オージは自分の女を見る眼を心配したほうがいいですよね……別荘へ向かうワゴン車の助手席でモモちゃん、皮肉っぽくそう放言したのである。

「来年還暦のやもめ男に、息子とあまり歳のちがわない女性が積極的に接近してきて、しかもとんとん拍子に婚約に至る、なんて。なにかよこしまな意図があるんじゃないかと疑うのがフツーの感覚でしょ、というわけ」

「まあたしかに、同じ疑念を抱《いだ》くひとも少なくないだろうけど」

「時広オージは現実認識能力に欠け、お花畑で遊ぶプリンスってわけ」

「なるほど。桃香が財産目当て云々発言したのは、猪狩さんのことをどうこうではなくて、叔父さんに反発していたからか」

「多分。それで道の駅を出た後は、別荘へ直行？」

「いえ。〈ホテル・トコヨ〉に寄って、食事を」

別荘での当日のディナーと翌日のモーニングはわたしとモモちゃんが用意するが、それ以外の飲食については各自適当に、という取り決めになっていたのだ。

「あら、偶然。わたしとモモちゃんもランチは、あそこのレストラン。モトくんたちと入れ替わりだったのか。ちなみに、なにを食べたの」

「みらのもぼくもアマゴの塩焼き定食」

「メニューも同じか。名物だもんね、あそこの。すぐ前の川で獲《と》れる。食事中の、みらちゃんの様子は。やっぱりスマホに夢中？」

「そこでは全然、さわらなかった。ひょっとして初めてだったのかな、アマゴ。なにこれ？　超おいしいんですけどー、って。はしゃいでいました」

「じゃあレストランでは普通にお喋《しゃべ》り？　どんな話をしたの。大学のこととか、彼氏ができたこととか」

「そんなんじゃなくて、元章さんのこと」

モトくんは、いつ頃から父親の忽那元章のことを「元章さん」と呼ぶようになったのだろう。

わたしが最初に気づいたのは、彼がモモちゃんの母親である有末果緒さんと結婚したときの親族の食事会なので、少なくとも十年前からだったはず。

それはあるいは、自分はもう忽那家の息子ではなく、有末果緒の婿になったのだという意思表明だったのかもしれない。ともあれ人間、なにごとにも慣れるものだ。以前はわたしもこのモトくんの「元章さん」という呼び方に少なからず違和感を抱いたものだが、いまでは単純に彼のスタイルなんだと心得ている。

「みらのが最後に病院へ見舞いにいったときの話になって。去年の春休みだったそうだけど。お祖父ちゃん、来月からみらのは高校三年生だよと言ったら、嬉しそうな、それでいて哀しそうな、複雑な表情を浮かべていたんだそうです」

「己《おの》れの死期を悟っていたのかな。気力が尽きていた、というか。妻、年枝の急死というショックを乗り越えて一旦は復帰したものの再発、再入院ときちゃ、きついよね。追い討ちをかけるかのように、亡妻の代わりに自分の世話をしてくれていた娘の加奈子さんが急性くも膜下出血で亡くなられたとくる。まさに不幸の釣瓶《つるべ》打ちというか、これじゃあ、どんなに豪胆な性格のひとでも心が折れちゃうよ」

「実際、弱音《よわね》を吐いていたそうです。みらのが結婚して、曾孫《ひまご》の顔を見るまではがんばるつもりだったけれど、もうむりかもしれない、って。そしたらみらのは、こう言って励《はげ》ましたんだとか。曾孫はむりでも、せめてあたしが就職するまではがんばってくれなきゃ、って」

「とはまた細かく刻んできたね」

「なんの仕事をするかはまだ決めていないけど、とにかく最初にもらうお給料でお祖父ちゃんにご馳走してあげる、って」

「そりゃあ、じいじとしては、がんばらなきゃ。でも……」

「結局それは叶《かな》わなかった。みらのからその話を聞いて、ぼく、しみじみ思いました……やっぱり元章さんでも、孫には本音を洩《も》らせたんだな、と」

「息子であるモトくんには、病床でも本音を洩らさなかった？」

「少なくとも、もうだめかもしれない、なんて弱音は吐きませんでしたね。それどころか、自分は九十歳までは確実に生きるから、それまでにおまえも再婚して孫の顔を見せてくれ、なんて強気で」

「それだって本音は本音でしょ」

「本音といえば元章さん、こうも言っていました。年枝が死んだ段階で、もうおまえは果緒さんといっしょにいる必要はなくなったんだから、彼女と離婚して、忽那姓に戻っていてくれたらよかったのに……と」

仮にわたしが忽那元章の立場だったとしても、きっと同じ愚痴《ぐち》を洩らしただろう。モトくんが有末果緒と結婚したのはひとえに母、忽那年枝と彼女とをつなぐ架け橋の役割を担《にな》うためだったのだから。

この場合、偽装結婚という言葉が適当か否《いな》かはともかく、当の年枝が死去した以上、モトくんが果緒さんの夫でいる意味は実質、その時点で失われていたわけである。

「脱線しちゃってすみません。みらのは続けて、お祖父ちゃんにはご馳走できなかった、そのかわりにと言ったらなんだけど、今日のこのランチのお代はあたしに持たせてくれない？　って」

「どゆこと？」

「先月から、みらのはバイトしているんだそうです。時広叔父さんの紹介で」

「時広の？　持ちビルのテナントに入っているお店かなにかかな」

「知り合いの息子さん夫婦がやっている雑貨のセレクトショップだそうです。そのバイト代をもらったばかりだから、ここは定番通りにご馳走させて、って」

「定番って、子どもが初給料で両親をもてなすという意味の？　ま、そうね。年枝も加奈子さんも、そして元章さんもいない現在、みらちゃんの唯一の身内、保護者はモトくんだもんね。言わば父親みたいなもの。で、その申し出をどうしたの。素直に受けた？」

「もちろん。そんな可愛い提案をされたらもう、一も二もなく」

モトくんの心底嬉しそうな顔を見て、わたしはなんとも複雑な葛藤《かっとう》に陥《おちい》る。

みらちゃんは良い娘だ。それはまちがいない。彼女のモトくんに対する親愛の情や感謝の気持ちにも嘘偽《うそいつわ》りはない。それは断言できる。が。

同じ愛情表現にしても、そんなベタなやり方するか？　というと、はっきりと疑問符が付く。らしくない。もちろんこの場でわざわざそんなこと、言及したりしないけど。

「他には？　なにか特に、印象に残ったこととか」

「会計をすませてレストランを出ようとしたところで、新しく入ってきたお客さんとすれちがった。なんだか見覚えのある顔だなあと思ったら、向こうも、あれ？　みたいな感じで破顔して会釈してきて。それはいいんだけど、あのひと、誰だったっけ、と未だに憶《おも》い出せない」

「どんなひと。男？　女？」

「男性です。丸っこいフレームのメガネをかけていて、髪と口髭と顎髭が真っ白の」

「あ。古瀬《こせ》さん」

「コセ？」

「うちの常連さん。ほら。いつもたいてい、あのへんに」とカウンター席を指さす。「座っているひと」

「そっか。ここのお客さんか。道理で」

「じゃあやっぱり、あれは古瀬さんだったんだ。わたしたちもホテルのレストランで食事中に、よく似たひとを見かけたんだよね。窓際のテーブルへ案内されてた、若い女性ふたりといっしょに。向こうはこちらに気づいていないようだったから、声はかけなかったけど」

とは実は建前《たてまえ》で、古瀬さんてお店以外のところではあまりかかわり合いになりたくない御仁だから、というのが本音。

「たしかに若い女性ふたりと、いっしょでした。お嬢さん？　かなと思った」

「どうだろう。わたしが聞いた限りでは、古瀬さんて、奥さんに先立たれて子どももおらず、いまは悠々自適《ゆうゆうじてき》の年金生活みたいな話だし。もちろん飲み屋での雑談だから、どこまでほんとのことなのかは判らないけど。そういや正広くんご贔屓《ひいき》のバーラウンジにも通っているらしくて、金栗さんとも顔見知りだと言ってた」

顔見知りどころか、モモちゃんから聞いたところでは金栗さん、自分のお店の常連である古瀬さんから熱烈にくどかれて辟易《へきえき》している、と愚痴をこぼしていたらしい。基本的にいいひとなんだろうけど、昭和の男にありがちな無自覚的セクハラ、モラハラ気質が堪えられない、と。

ただ、そう訴えられたというモモちゃん、心なしか我関せずといった表情だったことのほうが、わたしにはむしろ興味深い。普段の彼女ならば、こういうオトコのかんちがい的言動に対する義憤《ぎふん》は烈火《れっか》の如《ごと》しで、沈静化のために周囲は大いに難儀するはずなのだが。

やはり金栗さんとは距離を置きたい気持ちのほうが強いのか。あるいは彼女はセクハラ、モラハラ問題という、同じ女性として無視しづらい相談に託《かこつ》けて、必要以上に自分の胸懐《きょうかい》を侵食しようとしている……モモちゃんはそんな警戒をしているのか。

「桃香になにか、変わった様子はありませんでしたか、食事中に」

おざなりに、は言い過ぎかもしれないが、モトくんは明らかに形式的に、話のつなぎとしてそう訊いたのだろう。

「あったんだよね、それが」

わたしがそう答えたものだから、モトくん、眼を丸くする。

「モモちゃん、ずっとこんな話をしていたんだ……時広オージはいったい、なにを企《たくら》んでいるんでしょうね、って」

「どういうことです。企んでいるとは?」

「モモちゃんに言わせると、そもそも娘のような年若いフィアンセをゲットできたからといって、その彼女を身内にお披露目しようというところからして不自然だ、と」

「そんなことはないでしょ。むしろ時広叔父さんらしいなあと、ぼくは思いましたけど。オレもまだまだ捨てたもんじゃないだろ、と誇示したがるあたりが」

「もちろん、トロフィーワイフをゲットしたら世間に向けて大々的に自慢したいのが男の通有性《つうゆう》でしょうよ」

「なんですか、トロフィーワイフって」

「男って若くてキレイな彼女なり妻なりを獲得することこそが成功者、人生の勝ち組の象徴であり、証《あかし》であると看做《みな》している、ってほどの考え方らしい。なにしろトロフィーだから、みんなに見せびらかしてなんぼ、ってものでしょ。だからお披露目したがること自体は判る」

「不自然でもなんでもない」

「だけどオージは、自分が若い娘をゲットしたとそれとなくアナウンスをすることで周囲から、それはぜひ自分たちにも紹介して欲しいという懇願を引き出そうとするタイプのはずだ、と。断っておくけど、これはあくまでもモモちゃんの見立てでは、って話。フィアンセお披露目のために自ら身内に招集をかけるなんてオージらしくない、と」

「うーん。判ったような判らないような。穿ち過ぎじゃないかなあ」

「モモちゃん曰く、一歩譲って今回は自慢したい欲求をどうにも抑《おさ》えられなかったのだとしても、どうして別荘でなの？　って」

モトくん、眼を瞬く。

「総勢八人程度の規模なら市内の料亭か、それとも懇意にしているフレンチの個室とか、いくらでもやりようはあるじゃないですか。それをなぜわざわざ人里離れた常世高原の別荘でしないといけないんです？　って」

「……うーん」

「これが例えば、お披露目ついでに新しく別に建てた邸宅へみんなを招待したい、というのならまだ判らなくもない。だけど、くだんの別荘は築十年近く。身内にとっては、いまさらだし。猪狩さんや金栗さんを連れていきたいのなら他に機会はいくらでもあるでしょう、って」

「言われてみれば、たしかに。だから桃香は時広叔父さんがなにか企んでいるんじゃないかと疑ったのか。でも具体的には例えば、どんなことを？」

「モモちゃんの考えでは、なにか別荘ではないと仕掛けられない類いの悪戯《いたずら》を用意しているんじゃないか、と」

「叔母さんはどう思うんです、妹として。そんな、なにか変なサプライズをみんなに仕掛けそうなお兄さんなんですか」

「わりと空気を読めずに、やらかしちゃうタイプではあるかもね」

「企み、か。仮に桃香のその見立てが的《まと》を射《い》ているとしてだけど、ひょっとして例の時広叔父さんの秘密の隠れ処《が》がそれにかかわってくるのかな」

「例の、って？」

「あ。叔母さんはあのとき、ぼくらといっしょには行っていませんよね。別荘へ着いてからの話なので、後で説明します」

ほんとうはわたしは時広の秘密の隠れ処なる邸宅の存在をちゃんと知っているのだが、いまその説明をしてもややこしくなりそうなので、これまた後回し。

「レストランを出て、三十分くらいで別荘へ到着した。駐車場に車を駐《と》めたら、建物の正面玄関から時広叔父さんが出てきて。それはいいんだけど、叔父さん、これから猪狩さんを迎えにゆくところだ、なんて言うから、びっくりしました」

(え。これから街へ戻るんですか?)

(ちがうちがう。実はな、昨夜は彼女と〈ホテル・トコヨ〉で一泊したんだ)

驚くモトくんに、時広は楽しげに笑って返したという。

(あのホテル、ずっと気になっていた、せっかくだからこの機会に泊まってみたいと、彼女におねだりされたものでな)

チェックアウトしたものの、猪狩さんは川床のカフェがすっかり気に入ってしまったようで、もうちょっと寛《くつろ》いでいきたいと、なかなか重い腰が上がらないんだ、と。

(しかし、あんまり遅くなったら、おまえたちが建物へ入れない)

別荘の鍵は普通に考えたら時広だけでなく、正広くんも持っていそうなものだが、モトくんはこの点について特に不審に思ってはいないようだ。

(仕方がないから、とりあえずわしだけ上がってきた。いまから連れてくるから、なかで適当に寛いでいてくれ。もうすぐ正広や刻子たちもやってくるだろうし)

「部屋は自分たちで適当に決めてくれ、と言うから。みらのは真っ先に二階北側の東の部屋を選びました」

モトくんは以前にも使ったことのある二階の南側の東の部屋にしたという。「そこで荷物を整理していて、スマホを忘れてきたことに気づいたんだけど。まあいいか、と。よく考えてみれば普段LINEなどで連絡をとりあう相手のほとんどは今日、ここに集まるわけだし、緊急の連絡なんかもそうそうないだろう、と」

「果緒さんの元担当だった編集者のひとたちからは?」

モトくんの亡妻、有末果緒は生前、小説家で二〇一四年に四十二歳で他界したとき、二十冊ほどの著書があったが、それらの著作権はすべてモトくんが受け継いでいる。遺作の重版や再刊作業などの折には彼が版元との窓口になるわけだ。

果緒さんの遺産相続の際、全著作権までふたりで分けてしまうと事務手続が煩雑《はんざつ》になるかもしれないとの理由で、協議の末、モトくんがまとめて引き受けた、と聞いている。モモちゃんはその分、定期預金などを多めに相続したらしい。

「それとも先方はモモちゃんの連絡先も知っている、とか」

「いいえ。どっちみち編集者の方たちからぼくへの緊急の用事なんて、そうそうあるもんでもないし」

「よく言うわね。今回はその、そうそうあるはずのない編集者から頼まれて至急上京しなくちゃならなくなった、という口実で土曜日のパーティーをキャンセルしたくせに」

「他に適当な口実を思いつかなかったんですよ。それに、あの予知夢が未来の決定事項だとしたら、別荘に行くのを止《や》めただけでは惨殺劇を回避することはできないかもしれない。なるべく地元から離れたほうがいいんじゃないか、と。まあそういう小賢《こざか》しいことを考えたわけです」

「それで時広にキャンセルの連絡をした。空港へすっ飛んでいって、羽田《はねだ》行きのチケットを取った後でというあたりがなんというか、問答無用って感じ」

「もう飛行機が出るところですから、と押し切れば時広叔父さんもそれ以上、なにも言えないだろうと思いまして」

「で、週明けまで、ずっと東京？　なにをしてたの」

「既定路線から外れた行動に及んだ以上、なにが起こるかまったく予想がつかないので基本、ホテルに籠《こ》もっていました。息をひそめて」

「謎の殺人鬼が飛行機で追っかけてくる可能性もゼロじゃない、ってか。ルームサービスを装《よそお》って客室に押し入り、隠し持っていた刃物でモトくんの首や腹を……」

「まさしくそういうサイコ・サスペンス的な展開もあり得るんじゃないか、と恐怖で震えていました」

真剣な面持《おもも》ちで、そう頷くモトくん。だが、賭けてもいい。彼がホテルの客室で味わっていたのは、自分が殺されるかもしれないという恐怖なんかではない。果たして自分の選択は正しかったのか、という苦悩だ。別荘行きをキャンセルしただけで、ほんとうに桃香の命を救うことができるのか……という。

「で、時広が猪狩さんを〈ホテル・トコヨ〉へ迎えにゆくのと入れ替わりに、正広くんと金栗さんが別荘へやってくる」

「叔母さんと桃香が到着する、ほんの数分前に。まあ、ほぼ同時ですね。ここでようやく叔母さんの予知夢とぼくの予知夢がクロスするわけですが」

「リビングにいるモトくんに、みらちゃんはどうしたの？　って、わたしが訊いた。そしたら」

「景色がいいから、ちょっと近くを散歩してくると言って、いまさっき出かけたところです、とぼくが答えて」

「わたしとモモちゃんは店のお客さんとして金栗さんとはすでに顔馴染みだったから、正広くんは初対面のモトくんに彼女を紹介」

「はじめまして、と微笑みつつも金栗さん、おれの従兄弟の素央って言う正広とぼくの顔を、しきりに見比べてた」

「女装家だと事前に知らされてはいたものの、実際に対面してみてモトくんの美人っぷりに度肝《どぎも》を抜かれたんでしょう。口にはしなかったけれど金栗さん、それこそ今夜の先刻の反応と同様、ひょっとしてみんなしてアタシのことを担ごうとしていない？　とかって内心、疑っていたかも」

すでに正広くんと入籍済みと判明している現在、彼女のことを苗字《みようじ》ではなく「恵麻さん」と呼ぶべきかなと、ちょっと迷う。が、予知夢の段階ではモトくんもわたしもそのことを知らなかったのだから、答え合わせ中に彼女を下の名前で呼ぶのは却《かえ》ってまぎらわしいかもしれない、と思いなおす。

「親父は？」と正広が訊くので、〈ホテル・トコヨ〉へ猪狩さんを迎えにいっていると、ぼくが答えた。昨夜は彼女といっしょにそこに泊まったらしいよ、と付け加えると正広、そうかそうかって、なんだかいやに嬉しそうに……」

モトくん、ふと小首を傾《かし》げ、なんだか釈然《しやくぜん》としない面持ちになった。「あのときは特に変だとは思わなかったけど。いま思うと、昨夜いっしょに泊まった彼女を、なんでまた今日、二度手間で改めて迎えにいかなきゃいけないんだ、とか疑問を呈するのが普通の反応のような気も……」

「わたしはそのときの正広くんの様子を見ていないから、なんとも言えないけど」

そう言いつつもわたしは、正広くんがなぜそんなに嬉しそうだったのか、その理由を知っているのだが、それについても後回しにしよう。

「あの場面でわたしは、別のことが気になった」

「なにかありましたか」

「なにかあったというより、その、モモちゃんの態度がなんだか、よそよそしいな、と感じて。つまりモトくんに対して、ね」

「そうですか？　ぼくは特に、いつもと変わった様子は感じなかったけど」

「だってお互い、言葉も交わさなければ、眼を合わそうともしない。ぎくしゃくしているは言い過ぎかもしれないけど。ひょっとしてなにか感情的な、いきちがいでもあったのかな、と」

「いや、ぜんぜん全然。あれが桃香の、言わば平常運転で」

「だって、普段のふたりは、もっと気軽に冗談を言ったりして仲好く、じゃれ合っているのに」

「それは、叔母さんの店のなかでの話でしょ。桃香は従業員で、ぼくは客なんだから。一応ね。それなりに愛想よく、節度をもって互いに接するのは、あたりまえじゃありませんか」

「それって、ふたりの共通認識なの？　だとしたらずいぶんドライというか、なんというか。するとなに、他にも身内が集まっているとはいえ、時広の別荘はお店ではない。従ってふたりは従業員でもなければ客でもないんだから、特に親しげに振る舞う必要も義理もない、と？　普段からそんな、割り切った関係なの？」

「ていうか、ぼく、叔母さんの店以外で桃香と顔を合わせることは、まずないので」

「……これまでずっと、そういう距離感を保ってきたわけ？　果緒さんと結婚して、義理の父親と娘になって以降、ずっと」

「少なくともぼくには、自分が父親という意識はありません。改めて話したりしたことはないけれど、桃香のほうにも自分が娘という意識はないんじゃないでしょうか」

「たった八歳しか、ちがわないんだもの。父と娘というより、兄と妹だよね」

「年齢の問題以前に桃香は、最初から正しく理解していたんだと思います。果緒さんとぼくが、ほんとの意味での夫婦ではない、ということを」

「あ……ああ、なるほど」

「ぼくたちが結婚したとき、桃香はまだ小学生だったから、偽装結婚なんて言葉は知らなかったかもしれませんが」

「それじゃあ果緒さんが亡くなられて、いきなりモモちゃんとふたりだけで生きていかなくちゃならなくなったときは、さぞ困惑したでしょう」

「あの頃のことは正直、よく憶《おぼ》えていない。ただただ桃香の心のケアをどうしたものかと途方に暮れるばかりで……」

「母親が殺人事件の被害者になったってだけでも最大級のショックなのに……その犯人が自分の実父とされる男ときちゃあ、ね」

この件に関して、モモちゃんの胸中に思いを馳《は》せようとするたびに、わたしは自身が真っぷたつに引き裂かれるかのような絶望と懊悩《おうのう》に突き落とされる。

それはわたしがモモちゃん本人に、というより、彼女の胸中に思いを馳せようとしているモトくんに感情移入しているから……みたいな気もする。

「生まれてから一度も轟木克巳の顔を見る機会のなかった桃香にとっては、彼が自分の父親とされることについて、どれほどの実感があるのかは判りませんが」

「そだね。話をぶった切っちゃってごめん。ともかく、そんなわけでわたしはモモちゃんとモトくんとのあいだに流れる微妙な空気を気にしつつ、持ってきた食材を一階のキッチンへ運び入れて」

「ディナーの仕込みを始めつつ早速《さっそく》、缶ビールをぷしゅッ」

「ぐびぐび飲んでたら、正広くんがやってきて、冷蔵庫を開けた」

「あいつ、なにを思ったか、一旦取り出した缶ビールをもとへ戻して、ぼくにこう言ってきた。そうだ、素央、おまえにおもしろいものを見せてやるよ。車で行かなきゃいけないんで乾杯する前に、ひとっ走り、行ってこようぜ、と」

「先走りするようでもうしわけないけど、それがさっき言ってた、時広の秘密の隠れ処なのね」

「はい。そのときは、どこへ連れてゆくつもりなのか具体的なことはなにも言わず、こちらの意向の確認もせず、ジューテツもおいでよ、と勝手に話を進めて」

「モモちゃんは、ディナーの準備を手伝わなきゃいけないから、と辞退しようとした。それをわたしが、いいじゃん、まだ時間はたっぷりあるし、行ってくれば？　そのおもしろいものがなんなのか、後で教えてちょうだいと勧めた」

「その叔母さんのひと押しで結局、ぼくらは……」

　というモトくんのひとことに他意はなかったようだが、わたしは内心、ひやり。

「桃香とぼく、そして金栗さんは、正広の車で出かけることになった」

「モトくんたち四人と入れ替わりに、二十分くらい後だったかな、みらちゃんが散歩から戻ってきた。おかえり、どうだった？　と訊いたら、高原の景色を独り占《じ》めって感じで気持ちよかったけど、ほんとに周囲になんにも無いところなんですね、と笑ってた。それはいいんだけど……」

「なにか？」

　きっとわたしは泣き笑いのような表情を浮かべていただろう。「みらちゃん、こう続けたの。これってホラー映画なんかでよくある陸の孤島パターンですよね……って」

　案の定、モトくんも顔をしかめた。

「大富豪の所有する、人里離れた別荘に集まった男女八人。富豪とその息子、それぞれのフィアンセお披露目も無事にすんだその夜、八人はひとり、またひとりと正体不明のサイコキラーによって命を奪われてゆく。救《たす》けを呼ぼうにも固定電話のコードは切断され、みんなのスマホは圏外。そして車は一台残らず、エンジンがかからないよう壊されていた……ってても、あそこらへんは別にケータイは圏外じゃないんだけどね」

我ながらどうでもいいセルフツッコミに、モトくんも苦笑い。

「予知夢の、インターバルを挟んで後半パートのことを思うとなんとも不穏というか、シャレにならない。みらのはどういうつもりで、そんなことを言ったのかな」

「特になんのつもりでもないでしょ。思いついたことを深く考えずに、そのまま口にしているだけ。再来年《さらいねん》は成人式とはいえ、そういう意味ではまだ子どもだってこと。モトくんについてもけっこう辛辣《しんらつ》なこと、言ってたし。多分なんの悪気もなく」

「どんなことです」

「最初は、大学はどう？　って話だった。入学して初めての夏休み。そろそろ学生生活を楽しむ余裕も出てきたんじゃない？　とか。まあ軽い気持ちでそういう質問を、みらちゃんにしてたわけ。単なる雑談のノリで。そしたら……」

(高校生のときには考えもしなかったことを、だんだん考えるようになりました)

みらちゃんはそう答えた。

（へえ。例えば）

（人間ってやっぱり順番通りに死なないと、いろいろ不都合が生じるのね、とか）

母親の忽那加奈子と祖父の忽那元章のことかと察したわたしは、てっきり病床にある父親が娘に先立たれる悲哀について語ったのかと早合点しそうになる。

が、みらちゃんが続けて発したのは（だって遺族が相続する財産の配分が全然ちがってくるんだもん）という言葉だった。

（え。配分？）

（一昨年、ママが死んだとき、その遺産は同時にお祖父ちゃんの個人的な財産と合わせて、叔父さまとあたしであらかじめ半分こしたでしょ）

生前は市内の英会話教室で講師をしていた忽那加奈子さんの遺産の内容や総額など、具体的なことはわたしはなにも知らない。

（どうもママの定期預金の大半はお祖父ちゃんからの生前贈与だったようだから、一旦出ていたお金を分け直しただけ、みたいな気がしないでもないけど。とにかくこの時点では、ママの弟である素央叔父さまにはママから一円も入らなかった。故人に子どもがいる場合、きょうだいには相続権がないから。そして、その翌年、お祖父ちゃんが死んだとき、事業の一部を素央叔父さまが継承した。あたしには、先に分けてあった分以外、一円も入らなかった。これがもしも、死ぬ順番が逆になっていたとしたら？　お祖父ちゃんの遺産はママと素央叔父さまのふたりで半分こしていたはず。ね。改めて考えてみると、ちょっとすごいことだなあ、と思いませんか?)

たしかに……と不謹慎ながら、わたしも首肯《しゅこう》せざるを得ない。

モトくんにとっては父と姉、その死去の順序がどうなるかで、あの忽那元章の事業を継承するか、それとも半分しか得られないかが変わったのだから。

決して小さな問題ではない。運命の分岐点といっても過言ではないかもしれない。モトくんにとってのみならず、みらちゃんにとっても。

「言われてみれば、たしかに。順序によっては最終的にみらののものになっていたはずの分まで、ぼくが独り占めしてしまったかたちなわけで」

「誤解して欲しくないんだけど、彼女は別にそのことでモトくんを怨んだりしているわけではない、と。そうも言ってた」

(それどころか、感謝している。ママが急病で死んで、お祖父ちゃんはずっと病院。家でひとりぼっちになって途方に暮れるばかりのあたしの代わりに叔父さまは、ママのお葬式とか、めんどうな手続諸々《もろもろ》を全部、てきぱきとやってくれて)

ちなみに、歳若いみらちゃんに成り代わって姉の加奈子さんの葬儀を仕切ったモトくん、そのときばかりはさすがに女装はしていなかった。

わたしなぞ彼の男装姿を目の当たりにするのがあまりにもひさしぶりだったせいで、挨捌でマイクスタンドの前に立った白皙《はくせき》の美青年を思わず、誰？　と二度見してしまったほど。

（それから毎日、うちへ泊まりにきてはご飯をつくってくれたり、掃除をしてくれたり。お祖父ちゃんが死んだ後もずっと、あたしが高校を卒業するまで一日も欠かさず、親身になって世話してくれた。学校の三者面談にも来てくれたりして、もう完全に母親代わりというか、あたし叔父さまのこと、ママ以上に頼り切っていたかも）

まさかモトくん、みらちゃんの学校の三者面談に女装して行ったんじゃないだろうなと気になったが、それはさて措《お》き。

「どうやらみらちゃん、そんなモトくんに対して負い目を感じていたらしい。素央叔父さまはあたしのために自分を犠牲にして、がんばってくれている、ほんとにもうしわけない、と」

（でもね、最近ようやく、そういえばお祖父ちゃんの遺産ってどうなっているんだっけ、みたいな下世話なことを考える余裕が出てきて）

大学で知り合った友人たちはみんな、みらちゃんが忽那元章の孫娘だと知ると一様に、へーそうなの、スゴイ、お金持ちなんだね、みたいな反応を示すらしく、それが好奇心を刺戟《しげき》した面もあるという。

（いろいろ調べてみたら、もしもお祖父ちゃんが先に死んでいたらその財産の半分はママのものに、そしていずれはあたしのものになっていたんだ、ってことが判った。人格を疑われる覚悟で正直に言うけど、そのときはほんとに、叔父さまったらズルイ、って思っちゃったんですよね）

「そりゃあまことに」モトくん、真面目くさって頷く。「ごもっとも」

「もちろんモトくんへの感謝の気持ちに変わりはない、とも言ってたよ。ただ」

（ただ、そんな叔父さまって立場上、保護者としてあたしのめんどうをみるって言わば当然の義務なわけじゃないですか。ね？）

「まことにごもっとも」

（だからあたし、もう過剰に罪悪感を覚えたりすることなく堂々と、素直に叔父さまに甘えてやることにしよっと、と。はい。そう考える今日この頃です）

「とまあ、大学生になったみらちゃんの、もっとも大きな意識改革はそんなところですってさ」

「たいへん勉強になりました」

「こちらの予知夢の、インターバル前の前半パートはだいたいそんなところかな。みらちゃんは自分の部屋へ引っ込んで。わたしは黙々とディナーの準備をしているうちに、現実のわたしはそこで一旦目が覚めた」

「というと時広叔父さんは？　予知夢の前半パート内ではまだ、猪狩さんを迎えにいったまま、別荘へは戻ってきていない？」

わたしは頷いた。「モトくんのほうは、どう。前半パート内に、時広の秘密の隠れ処とやらには無事に辿《たど》り着いた？」

「はい。思ったよりも遠かったから、ちょっとびっくりしました。車で、一時間まではいかないけど、三十分以上はかかったな。雑木林のあいだの狭い道とかあっちこっち曲がったり戻ったり、複雑なルートを通ってゆくものだから、こちらはいまどこを走っているのやら、さっぱり判らなくて」

（ねえ、どこへ行くの？）

金栗さんがそう訊いても正広くんは（着いてのお楽しみ）と、はぐらかすばかりだったという。

「後部座席からナビの画面を覗き込んでみたんだけど、道路の表示がないところを走行中だということしか判らない。そのまま山の奥というか、とにかくどんどん進んでいる感じではありましたが」

「車中、どんな雰囲気だったの」

「やっぱり金栗さんと初対面はぼくだけだったし。正広の妻となる方だから、きちんと友好的に接しておかなきゃと思って。こちらから、いろいろ話しかけたり」

「例えば、どんな話？」

「よく正広に連れられてこのお店へ来ていると聞いていたから。オーソドックスに、いつも叔母と娘がお世話になっております、というところから始めました。無難に」
（実はお店に通うようになってからも、しばらく全然、気づいていなかったんですよう。接客してくれているのが同級生の有末桃香さんだということに）
金栗さん、そう言って屈託《くったく》なく笑い転《ころ》げたという。（だって、まさピーが彼女のこと、オレのイトコのムスメなんて、まぎらわしい紹介の仕方をするから。てっきり彼女本人がまさピーの従妹《いとこ》で、久志本だれそれさんなんだな、とか思い込んじゃって）
「まさピー、ね。正広くんがそう呼ばれているところを初めて目の当たりにしたときは盛大に噴いたけど。もうすっかり慣れた」
（おいおい。まぎらわしい、はないでしょ。まるでおれのせいみたいに）
正広くんはハンドルを操《あやつ》りながら、笑って抗議する。（フツーに考えたら判るじゃん。イトコのムスメといえば従兄弟の子どもなんだ、って。それにイトコといっても父方と母方、両方あるんだから。苗字が久志本だとも限らないわけで）
（でも、お店を手伝っているあの女のひとって久志本という名前なんだと、すっかり刷《す》り込まれちゃってたんだもん。お料理をつくっている方がまさピーの叔母さんで、久志本さんだって聞いていたし。それなら歳恰好からして従業員の彼女は、おトキさんの娘さんかな、とも思ってた）

「わたしがモモちゃんのお母さん、かあ。それはある意味、光栄な誤解ですね」

（だからあるとき、ねえねえ、ジューテツに聞いたんだけどさ、彼女と恵麻ちゃんって高校の同級生なんだって？　なんて突然、まさピーに言われて。すっかり混乱。まずジューテツってなんのことか判らないし、その意味を説明されても、いや、同じ学年に久志本さんなんて名前の生徒がいたっけ、と。もうまったくのカオス）

（わたしも最初は確信が持てなかったんですよね）

モモちゃんがそう補足する。（しゅくふんの。あ、失礼。正広さんのフィアンセの方、どうも見覚えがあるような気がして）

金栗さんと個人的には距離を置きたがっているとおぼしきモモちゃんだが、もちろんこういう場面での雑談をそつなくこなせないほど子どもではない。

（そういえば桃香さん、いつもまさピーをそう呼んでいるけど。その、しゅくふん、という言葉の意味も判らない）

（気にしなくていいよ）

そういなしたものの正広くん、結局は律儀《りちぎ》に解説したという。

（へええ。じゅうしゅくふを縮めて、しゅくふん、か。やっとすっきりした）

（たしかに見覚えはあるんだけど、名前が出てこない。ひょっとして同じ高校だったひとかなと思い当たって卒業アルバムを見てみたら、それらしいひとがいたから。正広さんに

訊いてみたんです。いつもお店で恵麻ちゃんて呼んでいる婚約者の方、ひょっとして金栗さんて苗字ですか、って）

普段お店で接客しているときのモモちゃんは、正広くんや金栗さんに対しても至ってフレンドリーというか、最低限の敬語は保ちつつの、ざっくばらんな対応ぶりが基本形なのだが。

どうもいまの話を聞く限りでは、同じ相手であってもお店を離れた場面ではもう少し他人行儀にかまえるみたい。そこらあたりはモトくんに対する、店内と店外とでの態度の切り換《か》え方に通じる面があるのかも。

（そう訊かれておれが、そうだよ、って答えて。あ。ふたりは同級生だったんだ、って判った）

（そこであたしもようやく、もしかしておトキさんの娘さんかしらなんてかんちがいをしていた従業員の方が、あの有末桃香さんだと知って。えッ、ともう、びっくり。高校生のときと全然、ほんっとに全然、印象が別人みたいにちがうから）

（たしかに髪形とかだいぶ変えたし）

（いや、ほんとに、そういうレベルの話じゃなくって）

大きくかぶりを振る金栗さん。（もちろんあたしは有末さんとそれほど親しくなくて、学校で話したこともなかったから知らなかっただけだろうけど。まさかこんなにフランク

に接してくれる、おもしろいひとだとは思ってもみなかった)

(じゃあ高校のときは、どういうイメージを抱いていたの、ジューテツに？　あ、いや、桃香ちゃんに)

(うーん。有末さんって、ちょっとコワそうっていうと失礼だけど。なんだか近寄り難そう、っていうか。笑っているところを想像できない、っていうか)

(そういやジューテツって昔は、もっとボーイッシュで、ちょっぴり野性児的な雰囲気があったかも)

(カッコよかったんだよッ)

金栗さん、そう嬌声《きょうせい》を上げて身をよじったという。(背が、すらっと高くて。めっちゃクールでもう、もってモテだったんだから。下級生の娘《こ》たちがファンクラブをつくっていたくらい)

(ははあ。やっぱり女子校ってそういう宝塚《たからづか》的なノリがあるんだね。じゃあジューテツとしても昔は、そういうファンの期待を裏切らないよう、むりしてニヒルに決めたりしてたの？)

いや、まて……ちがうだろ、それは。

正広くんのこの太平楽《たいへいらく》かつ的外れな問いにモモちゃんがどう反応したのか。わたしとしては気になるところだが、彼女が答える前に、モトくんが割って入ったという。

（正広と金栗さん、週二か三くらいのペースで叔母さんの店へ行っているんだって？）

モモちゃんの高校時代といえば、二年生のときに母親の果緒さんが亡くなっている。モモちゃんが生まれて十七年、ずっと音信不通だった轟木克巳に殺されて。

正広くんだってその事件を忘れているわけでもなければ、わざとそちらの話題へ持っていこうなんて趣味の悪い意図もなかったんだろうけれど。

まだなにしろあの悲劇から、たった五年しか経っていない。会話の流れ次第では、本来なんの他意もなかったはずの正広くん当人が、いちばん気まずい思いをする羽目《はめ》にもなりかねない。

モトくんはさりげなく、その会話の軌道修正を図ったわけだ。（ぼくもけっこうな頻度《ひんど》で叔母さんのところへ食べにいっているんだけど。そのわりには全然、会わないね、お店では）

（素央はいつも何時頃、来てる？）

（特に決めていないけど、たいていは九時以降、かな）

（それじゃあむりもない。おれたちは毎度、ほぼ開店と同時に入って七時か、遅くても八時くらいにはご飯をすませて、恵麻ちゃんの店へ行くから。完全にいきちがい）

（なんていうんでしたっけ、金栗さんがお勤めのお店？）

（店名ですか。〈夢鹿御苑《むじかぎよえん》〉です。有末さんもぜひ一度、いらしてみてください）

〈夢鹿御苑〉は市の繁華街に在るバーラウンジで、オーナーが〈私立斑鳩女子学園〉の合唱部出身のせいか、従業員は同校ＯＧが多いとか聞いたことがある。

　金栗さんは在学中、合唱部ではなく軽音部だったそうだが。

（素央がその恰好で行ったらお店の娘たちは困るんじゃないの。お客さんたちがみんな、コイツに注目しちゃってさ）

（あ。ホントだ。やばい）

正広くんの軽口に、あながち冗談でもなさそうに顔を引き攣《っ》らせる金栗さん。（うーん、えーと、有末さん。お店へお越しの折はなにとぞ男装ということで、ひとつよろしくお願いいたします）

　そんなやりとりを交わしているうちに、だんだん緊張がほぐれてきたのだろう。金栗さん、かなり立ち入った質問もしてくるようになったという。

　まさピーに感化されてか、それとも単にモモちゃんと区別しようとしてか、モトくんを苗字ではなく、下の名前で呼ぶかたちで。

（まさピーと同じ三十歳なんですよね、素央さんは。失礼ですけど、桃香さんのお母さまとご結婚されたときは、おいくつだったんですか）

（二十歳でした）

（十年前？　てことは桃香さんが、まだ十二くらいの頃？　そのとき、果緒さんは）

（三十七歳でした）

（重ねて失礼ですけど、どういうお知り合いだったんですか、果緒さんとは。十七の年齢差を超えてご結婚にまで至ったのにはなにか特別なご縁や、きっかけでも？）

（おいおい、恵麻ちゃん。質問の仕方が、いやに場馴れしてるな。芸能レポーターそこのけだ）と混ぜ返す正広くん。

（果緒はもともと、ぼくの母の友人だったんです）

（素央さんのお母さま？）

（おれの親父の姉貴）

言わずもがなの補足をする正広くんに敢えて乗っかるなら、わたしの姉でもある旧姓久志本、忽那年枝である。

（ぼくの妻と母は、金栗さんと同じ〈斑鳩女子学園〉の出身で。果緒が中等部に入学したとき、母は学校図書館で司書として働いていた。その縁で。初めて会ったときから他人のような気がしないというか、うまが合ったんだそうです）

（そっか。果緒さんはその後、小説家として有名になるくらいだもん。きっと文学少女だったんですね。司書だった素央さんのお母さまとは年齢差を超えて、さぞお話も合ったんでしょうね）

（ふたりともアガサ・クリスティが大好きで。やっぱり共通の趣味があると交流も深くなるんでしょう。果緒は中等部、高等部を通じてちょっと登校拒否気味で、授業には出ずに一日中、図書館で過ごすこともたびたびだったとか）

（へえ。でも、それって、ええと、素央さんが生まれるよりも数年前のお話ですよね。果緒さんが〈斑鳩女子〉を卒業した後も、ずっとお母さまとのお付き合いは続いていたんですか）

（果緒は父子家庭だったんだけど、その父親は彼女が在学中、事故死した。酔っぱらって側溝に転落したとかで）

（まあ）

（他に頼れる身内もいなくて途方に暮れる果緒のために母は葬儀やその他、必要な手続きなどすべてに対応してあげたんだとか）

（はあ、なるほど。それだけの恩義があったら、それはやっぱり一生のお付き合いになってもおかしくないですよねえ）

（深い絆《きずな》を感じるよな。ほんと、尋常《じんじょう》じゃないくらい）

とのコメントがまさしく果緒さんと年枝の関係性のすべてを物語っているが、はたして正広くん本人はどこまで実情を察知しているのやら。

（なにしろ自分の息子を果緒さんと結婚までさせたんだから。いくら親密な間柄とはいえ、普通はそこまで……）

え。ひょっとして正広くん、知っているの？　と聞いていて一瞬、どきッとしてしまったが。

（え？　それじゃあ素央さんが果緒さんとご結婚されたのは、お母さまの意思だったんですか？）

本質を衝《つ》く金栗さんの質問にも、正広くんは相変わらず太平楽な口調でこう答えたという。

（んなワケ、ないじゃん。思春期の男の子あるある、さ。同年輩の女子よりも、身近にいる歳上の、おとなの女性に恋をするという。な。素央はその典型的なパターン）

そうなんですか？　と金栗さんに訊かれたというモトくんもきっと、いまのわたし同様、ちょっとホッとしていたかも。

（なにしろ果緒とはもの心ついたときから、ずっと顔を合わせていたから。母の友人というより、家族みたいな感覚でした。ならばいっそ、いつもいっしょにいるのが自然なかたちかなあ、と思い立って。改めて話したりしたことはないけれど多分、果緒のほうも似たような気持ちだったんじゃないかと）

（ご本人たちはそれでよくても、女性のほうが十七も歳上で、おまけに素央さんのほうが有末姓になるという選択に、ご家族から反対の声とか、上がらなかったんですか）

（全然。母はむしろ全面的に後押しをしてくれたし）

（お父さまは？　息子が苗字を変えることに抵抗はなかったのかしら）

（さあ。どうだったのかな。少なくとも表立っては、なにも言わなかったけど……）

（そりゃあ年枝伯母さんが賛成していることに反対なんかできるわけないじゃん。いくらあの忽那御大《おんたい》でも）

（え。どういうこと？）

（ひと廻り以上、歳下の若い後妻にめろめろだった、ってことさ）

自分だってモトくん同様、年枝が忽那元章と結婚したときにはまだ生まれていなかった正広くん、まるでその場面を直接見てきたかのような口吻《こうふん》。

（へえええ。も、ベタ惚《ぼ》れだったんだあ。って。オンタイって、なに？）

（御大は御大だよ。ええと。正確には御大将なんだっけ。ざっくり言うと、いちばん偉いひと、みたいな）

（意味はだいたい知ってるけど。素央さんのお父さまが、なぜオンタイなの）

（恵麻ちゃんはもしかしたら世代的に、ぴんとこないかもしれないけど、忽那元章といえば地元では名だたる資産家で）

（へえええ）

（おれの親父だってさ、もしも忽那元章の義理の弟になっていなかったとしたら、いまのように事業拡張できていなかったかもしれないんだぜ）

（ふうん。つまり、その系列下にあるまさピーの会社の経営が順調なのも、もとをただせばすべて素央さんのお父さまのお蔭、ってわけ？）

（まあ、そう言ってもいいかも。間接的に。それは否定できないな。もしかしたら年枝伯母さんは、そのために忽那御大のプロポーズを受け入れたのかもしれないし）

（どゆこと？）

（御大は、病死した先妻がOGだった縁で〈斑鳩女子〉の後援会の理事長を務めていたんだって。で、ある年の学校の入学式だか卒業式だかに来賓《らいひん》として出席したとき、そこで年枝伯母さんに出会って、ひとめ惚れ。その日から猛アタックを開始したんだと）

（ほー）

（でも年枝伯母さんはずっと、その熱烈な求愛を断り続けていたんだ。他に想《おも》いびとがいるからという理由で。なのに、あるとき、急に……）

（彼のプロポーズを受けた？　なにか思惑があっての承諾じゃないかと、かんぐってしまうような唐突さだったの？）

（おれが生まれる前の話だから、又聞きの又聞きなんだけど。少なくとも親父はそう思ったみたいだね。ちょうど銀行との交渉がうまくいっていない時期だったこともあって。ひょっとして姉さん、人身御供《ひとみごくう》は言葉が悪いかもしれないけれど、オレのために忽那御大に嫁入りしてくれたのかも……って）

時広は姉、年枝の急な心変わりをそんなふうに解釈しているのではあるまいか、と薄々わたしも感じていた。いろんな意味で保守的な価値観に縛《しば》られている兄の想像力は、そこらあたりが限界なのであろう。

しかしそれは、たまたまタイミングが重なっただけである。年枝は弟の事業実態なんか把握していなかっただろうし、興味もなかっただろう。

たしかに年枝には、夫という経済的な後ろ楯を得ることによって救いたい人物がいた。が、それは弟の時広ではない。

唯一の家族である父親を失い、中学生にして天涯孤独の身となった有末果緒だ。

「……そんな話をしているうちに、眼の前に建物が現れました。時広叔父さんの別荘よりもだいぶ小振りの、二階建ての洋館で。なんの変哲《へんてつ》もない普通の民家に見えたから、正広がそこで徐行して、その前に車を停めたときはちょっと戸惑いました。わざわざこんな遠くまで連れてきて、見せたかったものって、まさかこれ？　って」

困惑するモトくんたちを尻目に車のエンジンを切って、運転席から降りた正広くん。勝手知ったる所作《しょさ》でキーを取り出し、建物の玄関の扉を解錠したという。

ほら。てことは正広くんは別荘のほうの鍵も持っているはずだと普通は考えるが、モトくんは相変わらず、この点について、なんの違和感も抱いていないご様子。

（さあ、みなさん。なかへどうぞ）

正広くんに促されて金栗さん、モモちゃん、そしてモトくんの順番で洋館へ入る。

「建物の外観同様、内装もぴっかぴか。建てたばかりという感じ。リビングは、高級そうな洋酒がずらりと並んだホームバーや、ビデオプロジェクター用の大型スクリーンがあったりして、よけいに生活感がなかった」

モトくん、みんなを代表して質問。(ここは？　なんなの)

(秘密の隠れ処ってやつさ、親父の)

心なしか得意げに視線を上げる。(二階が寝室と書斎になっている)

(どういうこと、隠れ処って)

(仕事や煩《わずら》わしいこと、すべてから逃れて、ひとりでリラックスしたいとき、親父はよくホテルのスイートに籠もるそうなんだが。どうもいまひとつ、お気に入りが見つからないんだとさ。都会にも定宿《じょうやど》がいくつかあるが、もっと気軽にエスケープできるアジトが欲しい。ならば常世高原の別荘の近くに自分でスイートルームをつくっちまおう、と)

(近くというわりには、車で半時間以上かかったけど)

(他に適当な土地が見つからなかったんだろうな)

(俗世間を離れてリラックスしたいのなら、叔父さんひとりで別荘へ来ればいいじゃないか。それじゃだめなの？)

(あっちはなにしろ二、三人で寝泊まりできる客室が六部屋もあって、ちょっとしたホテ

ル並み。基本的にお客人たちおもてなし用だからな。サイズ的にも設備的にも、ひとりで寛げる仕様じゃない、ってことだろ）

（それは判ったけど、これをなんでわざわざぼくたちに？）

（それは、だな……）

（あのねえ、まさピー）

そう正広くんを遮《さえぎ》り、金栗さんが割り込んできたという。（どうなってんのよ、まさピー、あたしに車の運転の練習をさせてくれるんじゃなかったの？）

（あ……あ、ああ。はい。あれね）

「金栗さんはいま、自動車教習所に通っているんだって」

（別荘からちょっと離れたところに知り合いの私有地があるから、そこで運転の練習をさせてもらえるように話、つけておくから、って言ったじゃない。あたしてっきり、そこへ連れていってくれているものとばっかり、思ってた）

（そうだったね。ごめんごめん。じゃあこれから行こっか）

「その正広の知人の私有地は、時広叔父さんの別荘とは逆方向に在るんだそうです」

（すまん、小一時間で戻ってくるから。素央とジューテツはここで、ちょっと待っていてくれ。あ。冷蔵庫とかにあるもの、なんでも飲み喰いしてくれていいよ）

そう言い置いて正広くん、金栗さんを助手席に乗せ、車で走り去ったという。

(しゅくふんもなんだか、いろいろたいへんそうですねー、これから)

くすくす笑いながらモモちゃん、ホームバーに入る。そしてバーカウンター越しに三脚並んだストゥールのひとつを指さし、こう言ったという。

(どうぞ、モトさん。せっかくああ言ってくれているんだから。お座りになって)

思わず、ぷふッと噴き出してしまった。そんなわたしをモトくん、まじまじと見つめてくる。

「どうしました?」

「いやあ、その行動、いかにもモモちゃんらしいなあ、と思って」

「そうですか。えと。どのへんが、そんなに?」

「なにしろいきなり継父とふたりきりで取り残されたんだもの。小一時間とはいえ、ずーっと沈黙が続くのも気まずい。それならば、せっかくホームバーがあるんだから、さ」

「……バーテンダーと客としてなら、気楽に喋れる、と。なるほど」

モトくん、苦笑い。実際モモちゃんも(お客さん、お飲みものはなにになさいますか)というノリだったとのこと。

(じゃあビールでも。って。ストック、あるのかな?)

モモちゃん、身を屈《かが》めてバーカウンターの下の冷蔵庫をチェック。

(瓶《びん》ビールはレーベンブロイ、ムースヘッドにシメイ、そしてハートランド。なかなかの

品揃えですね、トッキーったら）

またもや噴きそうになる。モモちゃんたら時広のこと、オージだけじゃなくて、そんなふうにも呼んでいるのか。

（じゃあハートランドを）

緑色の瓶からふたつのゴブレットにビールを注ぎ、バーカウンターを挟んで乾杯。

（トッキーったら、別荘でのパーティーの後、明日の晩はここに泊まるつもりなんですね、どうやら）

（え。なんで？）

（ざっと見た感じ、アルコールだけじゃなくて、食材のストックもあれこれ充実しているご様子）

（あ、なるほど。今夜ぼくらにフィアンセをお披露目した後、今度は場所を変えて、ふたりきりでゆっくり、というわけか）

（なんとも優雅ですねえ、トッキー。〈ホテル・トコヨ〉で一泊。別荘で一泊。そしてここ、秘密の隠れ処で締め括《くく》りの一泊ときたもんだ。ね。モトさん、なにか一品、おつくりいたしましょうか）

（そんな時間、あるかな。正広たちが戻ってくるまでに）

（ちゃちゃっと手早く。今夜はおトキさんのご馳走が待っているから、軽めに）

「モモちゃん、なにをつくってくれたの」

「フルーツトマトのブルスケッタと、マグロとアボカドのタルタル」

「うちでも出してるメニューか」

「まさしく。見た目といい味といい、まるで叔母さんにつくってもらったような感じでした」

感心したモトくん、思わずそう口にしたという。

（まるで叔母さんにつくってもらったみたいだ）

（ほんと？　ぃよっしゃあッ、やったあッ）と小躍《こおど》りして喜ぶモモちゃん。

いささか予想外の反応にモトくん、それまで気になっていた疑問を、つい口にしてみたという。

（そういえば桃香は、どうして叔母さんの店でバイトしてるの？）

（へ？　いや、決まっているじゃん、そんなの。おトキさんの料理が、いちばん美味《おい》しいからですよ）

（ひょっとして将来は料理の道へ進もうとか、考えてる？）

（全然。わたしはただ、自分が食べたいものを、いつでも好きなときに自分でつくれるようになっておきたい。それだけ）

「桃香はお店で接客だけじゃなくて、調理もしているんですか」

「サラダの盛りつけなんかはもう完全にお任せしているし、新しいメニューを考えるときは賄《まかな》いでつくってもらうこともある。ソースやドレッシングの味がぴたりと決まらないとき、最後はモモちゃんの舌が頼りね」

「へええ。それほどの決定権があるとは知りませんでした」

「なにが足りない、これが要《い》らないって、はっきり言ってくれるからね、モモちゃんは。もちろんわたしと意見が合わないことも多々あるんだけれど、彼女の指摘通りにしたほうが結局、お客さんたちの反応が良いような気がするんだ」

「謙虚ですね、叔母さん。実の娘ほど若い年齢の娘の意見を、そんなに素直に受け入れるなんて。普通は、なかなかできることじゃないと思うんだけど」

「誇張でもお世辞でもなく、モモちゃんには天賦《てんぷ》のセンスがあると思う。でも料理人になる気はさらさらないでしょ。お母さんの果緒さんと同じ、文芸の道を目指しているんだもの。ね」

頷いたモトくん、ふと憂《うれ》いに満ちた、昏《くら》い眼になる。

「……なんだかおかしな感覚でした。よく考えてみれば、ぼく、叔母さんのお店以外のところで桃香と顔を合わせるのも、ずいぶんひさしぶりで。客と従業員としてのやりとりではなしに、個人として対話したのも四年、いや、五年ぶり……くらいか」

五年前の二〇一四年。最愛の母親の命を、よりによって己れの実父の手によって奪われたとき、モモちゃんは十七歳。継父にだけではなく、周囲の関係者たちに対しても深く心を閉ざしてしまったにちがいない。

もちろん家族であるモトくんとは生活上、最低限のやりとりは交わしただろうが、彼女が高校を卒業し、エスカレータ式で〈斑鳩女子短期大学〉の学生寮に入ってからはそれも途絶《とだ》えていただろう。

短大卒業後、地元の国立大学へ入りなおしたのは精神的に復活しつつある証とわたしは捉《とら》えているが、まだまだ心の傷が癒《い》えているとは言い難い。

そんなモモちゃんに対して義理とはいえ唯一の家族であるモトくんとしては、彼女との距離感、接し方は極めてデリケートな問題だろう。決して表には出さないが、彼が日々、悩んでいてもおかしくない。

それが時広の秘密の隠れ処なる邸宅で期せずして、モモちゃんとふたりきりになった。そして、まがりなりにも家族としての対話ができた……はずだったのに。

その体験は歴史改変によって「無かったこと」になってしまった。

自分たちが謎の殺人鬼によって殺害されるという未来を回避したばっかりに……いまのモトくんの胸中や、さぞ複雑だろう。

でも、だいじょうぶ……そう言って彼を慰撫《いぶ》したい衝動にかられていたわたしは、ふと憶い出した。どこの誰に、なにを言われたのかは未だに不明だが、大学生になったばかりだったモトくんは、こんな悩みを吐露したのだ。「果緒さんは、ぼくと結婚して、それでだいじょうぶなんでしょうか」……と。

わたしは黙ったまま、ただ彼を抱き締めたっけ。ごく自然に。

「で、モモちゃんがつくってくれたブルスケッタとタルタルをつまみながら、ふたりでさしつさされつの四方山《よもやま》話？」

「うん……まあ」

モトくんの表情が曇る。

「なに？　なにか、深刻な話にでもなったの？」

微妙な間を空け、頷いたモトくん。

「……時広叔父さんの話になりました」

嫌な予感が暗雲のように胸に渦巻く。そしてそれは即座に的中した。

「唐突に……ほんとうに唐突に、だったんだけど。桃香はこう訊いてきました……モトさんはもう、時広叔父さんのこと、怨んだりしていないんですか？　と」

我知らず、ぎゅっと閉じていた眼を、ゆっくりと開けるわたし。

「……なんて答えたの」

「一時はたしかに怨んだ、でもいまは怨んでいない。少なくとも、怨んでも詮《せん》ないことだと思うようにしている、と」

「モトくんのその答えに対してモモちゃんは、なんと？」

「モトさんの、時広叔父さんに対する怨みや憎しみが持続しないのは、わたしの母と、愛するがゆえに結婚したわけではないから、ですか……と」

　有末果緒さんは本名で執筆活動をしていたが、作家名鑑の連絡先などはすべて出版社気付にして、住所は非公開にしていた。

　果緒さんが幼少の頃、近所に住んでいた同い歳の男の子はある日、家族で夜逃げ。歳月を経て再び彼女の前に現れたその男は、果緒さんを自宅で暴行。結果、果緒さんは妊娠し、モモちゃんを出産した。

　それ以降、再び行方知れずになっていた轟木克巳が十七年もの空白の後、どういう意図で果緒さんに再接近を試みたのか。もはやその真意を知る術《すべ》はない。

　最初から彼女と無理心中をするつもりだったのか。だとしたら、その空白の期間、いったいなにがあって心に闇をかかえるに至ったのか。

　久志本時広が果緒さんの夫の叔父だと、いったいどういうルートで突き止めたのかも不明だ。が、彼の経営傘下にあるビル・メンテナンス会社に先《ま》ず臨時で雇用されておいてから時広に接触しているあたりに計画性と、尋常ならざる妄執《もうしゅう》を感じる。

　実は自分は有末桃香の実の父親であるという轟木克巳の言い分を鵜《う》呑みにした時点で、我が兄ながら迂闊《うかつ》という他はない。たとえそれが事実であったとしても、だ。

わたしが考えるに、時広のなかでは長年、姉のいわゆる友人と甥との、世間一般的な常識からはいささか逸脱《いつだつ》している結婚に対する批判的な思いがくすぶっていて、それが轟木克巳への共感めいた作用を果たしたのではあるまいか。

未だ一度も顔を見ていない娘に会いたい、その直談判《じかだんぱん》をしたいので果緒の連絡先を教えて欲しいという轟木克巳の熱意に絆《ほだ》されたのだとしても、ことはなにしろ個人情報である。

時広が先ず果緒さんに許諾の確認さえとっていれば、悲劇は避けられていたかもしれないのだ。

「果緒さんとはもともと愛のない結婚だった、と」

なにげなしにそう呟いたわたしだったが、ふいに雷に打たれたかのような衝撃に身が竦《すく》む。なにを馬鹿なことを言っているんだ、と自分自身の科白《せりふ》に対する反発と怒りが込み上げてくる。

愛のない結婚だった？　とんでもない。モトくんは果緒さんを愛していた。まちがいなく。

いや、いまも愛している。疑いの余地なぞない。明々白々だ。

にもかかわらず、とっさにその根拠を具体的には言語化できない自分もいたりして、もどかしい。思わず身悶《みもだ》えそうになるくらい。

「夫婦としての実態は、いっさいありませんでした。肉体的交渉も含めて」

「だからモトくんは時広に対する怨みが続かないんだ、と。そうモモちゃんに言われて、あなたはなんと？」

「……ぼくにとって果緒さんはなによりも、母が愛したひとだったから、と。そう言うのがせいいっぱいでした」

お互いに気まずくなったのか、モモちゃんとモトくんはまるで示し合わせたかのようにテラスデッキへと出るガラス戸のほうへ視線を逸《そ》らしたという。すると。

「誰かがガラス戸越しに室内を覗き込んでいたんです。ちょっと前屈《かが》みの姿勢で。ぼくたちが気づいたのに慌《あわ》てたのか、すぐに身を翻《ひるがえ》して、走り去っていきました。ぱっと見、若い娘で、欧米系かな？　と思うような顔だちでした」

「その人物……髪形とか体形は？」

「ショートヘアで華奢《きゃしゃ》な感じだった。ちょうど……」

モトくん、口を噤《つぐ》んだ。わたしがいま検討しているのと同じ可能性に思い当たったのだろう。

「ちょうど、いや、まるで……いや、まさかそんな」

「まるで、みらちゃんみたいだった？」

モトくん、眉根を寄せ、頷く。

さきほどの彼女のことを思い返しているのだろう。もとの髪形のウイッグを外し、オーバーサイズ・ファッションを止め、イメージチェンジしたみらちゃんの姿を。

「顔は、そっくりだったような気が。いや、でも、あれがみらののはずはありません。あのとき彼女は、時広叔父さんの隠れ処からは遠く離れた別荘にいたんだし……」

いや、それはまちがいなく、みらちゃんだったのだと、わたしは確信した。

彼女はこっそり別荘を脱け出し、時広の秘密の隠れ処の様子を見にいっていたのだろう。が、その説明も後回しに。

「近辺に外国人家族の別荘か住宅でも在るのかなと思って、ぼくがガラス戸のほうへ向かおうとしたら、電話が鳴って……」

「モトくんはスマホを自宅へ忘れてきたという話だったけど。モモちゃんのスマホ？」

モモちゃんがこのとき自分のスマホを持っていなかったことは先刻承知だが、とりあえずそう訊いておく。

「じゃなくて固定電話です。隠れ処の」

「わざわざ固定電話を引いているのか」

「ぼくが出てみると、正広からでした。開口一番、すまんが緊急事態だ、と。桃香とぼくをそこへ迎えにゆけなくなった、なんて言うんです」

「緊急事態って、具体的には」

「判りません。正広がその説明に入る前に、ぼくの予知夢の前半パートが終了してしまったから」

「ドラマの第一幕のタイムテーブルは土曜日の、だいたい午前十時から午後二時までのあいだ。正味、四時間か」

「そこで一旦、目が覚めて」

「わたしも。そこでお手洗いへ行った。毎度のことながら不思議だね。夢の内容だけじゃなくて、そんなところまでシンクロするなんて」

「いったい、どういうシステムになっているんでしょうね」

「まあ、そもそもこんな予知夢なんて現象自体、どうして起こるのか全然、判らないわけだけど」

「ベッドに戻ったら、すぐにまた眠りに落ちて。後半パートが始まりました。今度も、ぼくのほうから話していいですか」

夢のなかでモトくんは、だだっ広く薄暗い空間に独り、佇《たたず》んでいたという。

「前半パートでの隠れ処ではなく、時広叔父さんの別荘のほうでした。一階のリビングで。ぼく以外、誰もいない。常夜灯の明かりで、キャビネット上のデジタル時計の数字が見えた。二十二時五分でした。そのとき、ふと気配を感じて……窓のほうから」

「どの窓？」

「南側の。正面玄関の横のピクチャアウインドウ。そこに黒いひと影が見えたんです。じーっと邸内を覗き込んでいるかのようにしている……」

PARACT 2／回殺

「モトくんが見た、その黒いひと影って、男？　それとも」

「判《わか》りません。なにかフードでも被《かぶ》っていたのかな、顔がよく見えなくて。それに、一瞬のことだったし」

その黒いひと影は、モトくんに気づかれたと察してか、すぐに踵《きびす》を返し、闇のなかへ消えていったという。

「ひょっとしてそいつ、例の黒ずくめの殺人鬼に似ていた？　体形とか」

「それも、なんとも言えませんけど……外にいた、というのがちょっと引っかかる。いまにして思えば、ですけど」

「というと」

「あの正広とぼくを刺し殺したやつも、戸締まりをあれほど厳重に確認していたにもかかわらず、いつの間にかダイニング・スペースに侵入していたわけですから」

「なるほど」

「正広はあのとき、ぼくが目撃した黒いひと影について、もしかしたら時広叔父さんの顔見知りで、インタホンでオートロックの鍵を開けてもらったんじゃないか、みたいな意見でしたが。どうもぼくはちょっと、ちがうような気がして……」

「そのへんの話はまたこの後、出てくるから、検証はおいおいやってゆくとして。後半パート開始の時刻は二十二時五分か。土曜日の夜の十時ってことは前半パート終了から、んまあ、なんと八時間も経過しているじゃありませんか」

このまるまる八時間の空白がわたしたちの予知夢を前半パートと後半パートに分ける、インターバルに当たる。

大作映画の途中休憩どころではない、この長大な空白が如何《いか》にやっかいな代物《しろもの》であるかは容易にご理解いただけるだろう。なにしろ夢を見る側のモトくんとわたしにとっては、ちょっくらお手洗いへ行ってベッドへ戻ってくるだけの数分間に過ぎないのに、そのあいだの予知夢のドラマのストーリーは、なんと八時間分も、すっ飛ばされてしまうのである。

当然その八時間分の出来事に関する情報は、直接見たり聞いたりできないわたしたちには入ってこない。

「ぼくも戸惑《とまど》いました。迎えにゆけないと正広から電話があった後、桃香とぼくはどうやって時広叔父さんの隠れ処《が》から別荘へ戻ってきたかの経緯や、夕食に振る舞われた叔母さんの料理がなんだったのかも判らない。でも当然、夢のなかのぼくは自分の現状を理解し、それに則《のっと》って行動しているようではありましたが」

闇のなかへ消えた黒いひと影のことが気になるのか、モトくんは正面玄関の扉へ歩み寄ったという。そのとき。

ふと、ひとの気配を感じて、振り返る。誰かが二階からスケルトン階段を降りてくるところだ。

(ん。あれ？　素央か？　なにやってんの、こんなところで)

髪の寝癖《ねぐせ》とメガネをなおしながら正広くん、とことこ歩み寄ってきたという。

(いや、さっき……)

モトくん、ピクチャアウインドウのほうへ顎《あご》をしゃくってみせる。

(誰かがさっき、そこから邸内を覗《のぞ》き込んでいた)

(え。どんなやつだ)

(判らない。一瞬だったので、はっきり見えなかったんだが……)

(まさか……)

(どうした？)

(ほんのついさっき、親父が変なことを言ってきて)

時広の部屋から正広くんの部屋へ、館内電話がかかってきたのだという。

（のっけから、恵麻さんは無事か？　なんて訊《き》くんだ。ぐっすり眠っていたこっちは、いきなり叩き起こされて、はあ？　ってなもんで。なにかあったのかと訊き返したら、見まちがいかもしれんが、建物の周囲をうろついている人物がいるらしいから、戸締まりとか気をつけろよ……と）

（じゃあ、時広叔父さんが見たのと同じやつかも、いまぼくが見たのは）

（いや、親父本人が見た、という口ぶりじゃなかったな、どうも。他の誰かから、そういう不審者を見たという報告を受けた、みたいな感じで）

（なんだそれ。誰から）

（よく判らないんだが、なにしろこちらはまだ寝惚《ねぼ》けているような状態だったから、判ったわかった、気をつけるって適当に答えて電話を切った。ところが、ふと横を見たら、いっしょに寝ているはずの恵麻ちゃんがいないじゃないか。俄然《がぜん》、親父からの電話の内容が気になり始めて、こうして）

（時広叔父さん、ほんとにそういう訊き方をしたのか？　つまり、おまえたち無事か、じゃなくて、恵麻さんは無事か？　と）

（ええと。うん。たしかそんなだった）

（……不審者は不審者でも、特に金栗さんに危険を及ぼすような人物に心当たりでもあるのかな）

（おいおい、素央、不吉なこと、言うなよなもう。ていうか、そもそもおまえ、なんでここにいるの）

（ぼくは……）

（それにジューテツは？　どうした）

（実はそれなんだ。桃香を追っている途中で振り切られそうになって……）

（え？　どゆこと？）

（というか、おい、あのなあ、正広。いろいろ訊きたいことがやまほどあるのは、こっちのほうなんだが）

（わかってる判ってる。それはまた後で。な。ゆっくりと。それより、いまは恵麻ちゃんのことだ）

（部屋にいないのなら、トイレか風呂じゃないの。それとも洗面所とか）

（なんでわざわざ室外でと思いつつ一応、自分の部屋以外のも全部見た。けど、いないんだ、どこにも）

正広くんのこの科白《せりふ》には注釈が必要だろう。別荘の二階の間取りをざっと説明すると、リビングの吹き抜けを四方から取り囲むかたちで、客室は六部屋。

このうち東側の部屋は時広とその個人的ゲスト専用。西側は正広くん専用で、今回は金栗さんもここに泊まる。個室にバスルームとトイレが付いているのはこの、ふた部屋のみだ。

北側と南側はそれぞれ、客室が二部屋に共同バスルームひとつ、共同トイレひとつ、共同洗面所ひとつという内訳。

ただし部屋の並びが北側と南側で少し異《こと》なる。北側は、西の端《はし》からトイレ、客室、洗面所、客室、バスルーム。いっぽう南側は、西の端からバスルーム、客室、洗面所、客室、トイレとなっている。

今回わたしが泊まるのは南側のバスルームの隣りの客室。共同洗面所を挟《はさ》んで、その東隣りがモトくん。

みらちゃんの部屋は北側のバスルームの隣り。共同洗面所を挟んで、その西隣りがモモちゃんだ。

さきほど正広くんが言った（自分の部屋以外のも全部見た）とは、北側と南側の客室用の共同バスルーム、共同洗面所、共同トイレ、全部で六つの内部をすべてチェックして回った、けれど金栗さんはいなかった、という意味。

（じゃあ金栗さん、誰かの部屋でお喋《しゃべ》りでもしているんじゃないか。叔母さんか桃香か、それともみらのか）

（そうかなあ。なんでわざわざ、こんな時間に。いま言ったように、さっきまでおれといっしょに寝ていたんだぜ）

(まだまだ宵《よい》の口で飲み足りなかった、とか。正広を起こすのもうしわけないから、誰か寝酒に付き合ってくれそうなひとを探して……)

(でもダイニングにもキッチンにも、ほら、見てのとおり、だあれもいないし)

(適当に酒と肴《さかな》を選んで、とっくに二階へ上がっていった、ってことじゃないの)

(にしても、これだけあちこち探しているこちらと全然、出喰わさない、なんて)

(いきちがいになったんだよ。おまえが、バスルームやトイレのなかをうろうろ見て回っているうちに)

首を傾《かし》げながらも正広くん、踵を返したという。

一階と二階をつなぐスケルトン階段は北側のダイニング・スペース寄りのものと、南側のリビング・スペース寄りのものとふたつ。正広くんは、ついさきほど降りてきたばかりの北側の階段を上がってゆく。

モトくんもそれに続いた。

(素央、おまえ)

正広くん、階段の途中で肩越しに、ちらりとモトくんを一瞥《いちべつ》したという。

(ん)

(なんだか今夜は、やけに男っぽいな)

(男ですよ、ぼくは)

（昼間とはちがってメイクを落とし、髪をちょんまげふうにポニーテイルにしているせいかな？ なのに普段にも増して艶《つや》っぽい感じなのが、なんだか不思議というか）

（なにを言っているのか、ちょっとよく判らない）

（そのおまえの風呂上がりみたいに、すっきり爽《さわ》やかな女ぶりが羨《うらや》ましいんだよね、おれとしては）

（さっきは男っぽいって言ったくせに。どっちなんだよ。だいたいどういう意味だ、爽やかな女ぶりっていうのは）

（自分で言っていて、おれもよく判らない。ぱっと見、いまの素央は普段よりも明らかに男っぽいのに、なぜだか女っぽい艶やかさも同時に漂《ただよ》わせているのが不思議だなあと。まあいいや、そんなことは。いまは恵麻ちゃん恵麻ちゃん。彼女は、いずこに）

共同洗面所を挟んで、向かって右が、みらちゃん。左がモモちゃんの部屋だが。

（もしも恵麻ちゃんが誰かの部屋へお喋りに行くとしたら、やっぱりジューテツかな。高校時代のなつかしい話に花を咲かせましょ、みたいなノリで）

たしかに金栗さん側が、そんなふうに一方的に盛り上がるのはありそうなことだ。モモちゃん側がそれをどう受け留《と》めるかは、また別の話だけれども。

（そうだな）

モトくん、とん、とん、とんとモモちゃんの部屋のドアをノックしたという。

が、反応なし。しん、としている。

(どうも、いないっぽいが)

再びノック。応答の気配はない。

ドアのハンドルレバーへ伸ばしかけていた手をモトくん、引っ込めたという。

(叔母さんは?)

(え?)

(刻子叔母さんは、どの部屋に泊まっているんだ?)

(あそこ)

と正広くん、身体《からだ》の向きを変え、吹き抜け越しに真向かいの部屋を指さす。

「よっぽど慌《あわ》てていたのかな、ぼく」

モトくん、合点《がてん》がいかないとでも言いたげに首を捻った。「みらのは北側の東の部屋で、ぼくは南側の東を選んでいた。桃香が北側の西なら、叔母さんの部屋は残りの南側の西に決まっている。正広に訊くまでもないことだったのに」

慌てていたというより、わたしが思うに、ここのやりとりはモトくんにとっては時間稼ぎの意味合いがあったのだろう。すなわち、常日頃から義理の娘とは適切な距離を保つことに腐心している彼が、夜間に従兄弟《いとこ》を伴《ともな》って彼女の私的空間へ押しかける行為の是非《ぜひ》を自問するための……という解釈に、わたしはこのとき、けっこう自信を持っていたのだが。

(就寝中だったらもうしわけないけれど、仕方がない)

(どうするんだよ)

(桃香の部屋を叔母さんに、ちょっと覗いてきてもらう)

(なんでわざわざ)

(こんな時間帯に妙齢の女性のところへ男ふたりで押しかけるというのも、なにかと差し障《さわ》りが)

(あのなあ。おまえは仮にもジューテツの父親だろうが。それに、そんなみめうるわしい見かけのオトコにビビる女も、世のなかにはそうそういないと思。って、おい。まてよ、おい)

そんなやりとりを交わしつつ正広くんの部屋の前を通過し、わたしの部屋のドアをノックするに至った次第。

「ここからモトくんのストーリーとわたしのストーリーが合流するわけだけど。進める前に、そこに至るまでのわたし側の後半パートの始まりから説明しておくね」

「お願いします」

「現実世界で一旦《いったん》目覚めて、お手洗いへ行ってから再び眠りに落ちたわたしだけど、予知夢へ戻ると、そこはやっぱりお手洗いのなかだった。いや、ここは別に笑うところじゃありませんから」

「どちらのトイレです。南側の東の端のほうですか。ぼくの部屋の隣りの」

「うん。多分だけど、夕食のかたづけの後、かなり早い時間帯に眠り込んでいたんでしょうね。鏡のなかの自分の顔を覗き込んだらまあ、腫《は》れぼったくて半分、死んでる感じ。お酒も全然、抜けていない」

「別荘へ到着直後から飲んでましたもんね。料理の準備をしながら」

「まさにキッチンドリンカー」

普段からかなり飲み助であるわたしだが、この日、真っ昼間から飲み始めたのにはそうしなければならない理由があったから。でも、その説明も後回し。

「手を洗い、トイレから出ようとして、ふと足が止まった。北側へと延びる廊下に、モモちゃんがいるのに気づいて」

「桃香が？　えーと。その位置からすると、南側のバスルームにでも行こうとしていたのかな」

「ううん。時広の部屋のドアを開けて、なかへ入っていった」

「え……」

「モモちゃんはわたしには、まったく気づいていないようだった」

「桃香が時広叔父さんの部屋へ……そんな時間帯にいったい、なんの用事で」

「わたしも、トイレから自分の部屋へ戻って、時計を見たら夜の十時近くだったから、あれれ、と思ったんだけど」

「もしかして桃香は、時広叔父さんじゃなくて、フィアンセの方のほうに用があったのかな？」

「え？　どういうこと」

「だって猪狩さんて方が泊まったのも時広叔父さんの部屋でしょ、当然。改めて考えてみると、ぼくは予知夢のなかではついに一度も、その時広叔父さんのフィアンセにはお目にかかれなかったけど」

それは決してたまたまではなく、ちゃんと相応の理由があるのだが、めんどうな説明はいっぺんにすませたいので、この詳細も後回しに。

「ともかく。モモちゃんのことが気になるんだけど、かといってわたしが時広の部屋へ押しかけるのも変だし」

いたずらにドアの魚眼レンズを覗き込み、室外の廊下の様子を窺《うかが》ったりするのだが、もちろん角度の問題で兄の部屋周辺を見ることはできない。

「やきもきしていてもしょうがないから、なにか口実をつけて様子を見てこようと、ドアを開けた。そしたらちょうど時広の部屋のドアが開いて……」

反射的にハンドルレバーを手前へ引き寄せたわたしは、ドアの細い隙間《すきま》から兄の部屋のほうを窺った。すると。

「時広の部屋から、モモちゃんが出てくるところだった。わたしには気づいたふうもなく彼女はそのまま、みらちゃんの部屋のドアをノックして……」

「みらのの？」

「みらちゃんが出てきて、なにかひとこと、ふたこと交わして、ふたりは部屋のなかへ消えた」

「桃香はどれくらいのあいだ、時広叔父さんの部屋にいたんです？」

「ほんの数分てところかな。きっちり時計を見ていたわけじゃないけど」

「その後、すぐに桃香は、みらのの部屋へ行った……自分の部屋ではなく？」

「ええ」

「時広叔父さんに続いて、みらのになんの用があったんだろう……」

「さあ」

「で、どうされました、叔母さんは」

「深く考えるのはやめて、寝なおそうとベッドに入った。でも、すっかり眼が冴《さ》えちゃって。しばし輾転反側《てんてんはんそく》。ついに諦《あきら》めて起き上がり、階下へ行こうとしてたの。一杯ひっかけるつもりで。そしたらハンドルレバーに触れた途端、ノックの音がして」

「そうか。あのときぼくがノックし終えないうちにドアが開いたのは、そういうわけだったんですね」

モトくんが正広くんといっしょにいるのを見て、わたしはびっくり。

（え。え？　どうしたの、ふたりして。なにかあったの？）

（あの、それがですね……）

（それがですね、恵麻ちゃんが）

正広くん、なにかを言いかけたモトくんを押し退《の》けんばかりの勢いで訴えてきた。（恵麻ちゃんがですね、いなくなっちゃったんですよう）

（いなくなった？）

（そうなんですよ）

（どういうこと、いなくなった、って）

（だから、どこにもいないんです。ほんとに。この建物のなかの、どこにも……）

（この建物のなかの、どこにも、ね）

鸚鵡《おうむ》返しをしたわたしの眼が絶妙のタイミングで、金栗さんの眼と合った。

（なにしてんの、まさピー？）

背後から彼女にそう声をかけられた正広くん、（え。わ。びっくりしたあ）と身体を斜《なな》めに捩《よ》じり気味に、のけぞる。

（どこへ行ってたの？）

(え、恵麻ちゃんこそ。いままで、どこにいたの?)

(は? あたしたちのお部屋に決まってるじゃん)

(いや。いやいや。さっき、いなくなっていたじゃないか)

(ああ、階下《した》へ行ってた。なにか冷たい飲みものが欲しくなって)

(え。そんなはずは……)

(部屋へ戻ってみたら、寝ているはずのまさピーがいなくなっていて。待っていても、いっこうに戻ってこないから、どうしたんだろう、と)

(いや、おれ、いまさっき階下へ様子を見にいってきたばかりなんだけど。恵麻ちゃん、どこにもいなかったじゃん)

(だからさ、正広が二階のトイレや洗面所を見て回っているあいだに、階段を上がって部屋へ戻る金栗さんとは、いきちがいになったってことだよ)

モトくんのその指摘にも、いまいち釈然《しゃくぜん》としない様子の正広くんだったが。

結局(すみません、お騒がせしました)と言い置き、金栗さんと連れ立って西側の部屋へと引っ込んだ。

(……モトくんはどうして? なぜ正広くんといっしょに?)

(いや、ぼくはぼくで桃香を探しているときに正広と鉢合わせしたものだから)

(モモちゃん? モモちゃんなら、ついさっき、みらちゃんの部屋へ入ってゆくところを

見たけど）

（みらのの？）

「この時点でわたしは、モモちゃんがその前に時広の部屋を訪れていることをモトくんには言わなかった。言っていいものかどうか、判断がつかなかった。あのとき、モモちゃんが時広に会う目的はたったひとつしか考えられず、かなりデリケートな問題だったし……それについては後で詳《くわ》しく説明するわ。全部まとめて」

モトくん、眼が微妙な動きで泳ぐ。

「……いまのぼくからすると、所在が判明した時点でそれ以上、桃香のことを追いかけなくてもよさそうな気がするんだけど。夢のなかのぼくはすぐに、みらのの部屋へ向かった。時広叔父さんの部屋の前を通りすぎる際、ちらっと横眼で、南側のスケルトン階段を降りてゆく叔母さんの姿を、吹き抜け越しに見ました」

みらちゃんの部屋のドアをモトくん、ノックしたという。

現れたみらちゃんに（こんな時間に、ごめん）と先《ま》ずあやまるモトくん。

（ひょっとして桃香、いる？）

みらちゃん、首を横に振ったという。

（いない。さっき来てたけど）

（さっき？　来ていたのか）

（うん）

（変なことを訊いてもうしわけないけど、なんの用だったの、桃香は）

（窓の外を見せて、って）

（なんだって？）

（この部屋の窓からの景色を見せて欲しい、って言って）

（え……と。それだけ？）

（それだけ）

（どうしたの、それで）

（どうぞ、って迎え入れたら桃香さん、そこの出窓から外を眺《なが》めていたけど）

（外を、って……ほんとに窓の外の景色を眺めていただけ？）

下唇を突き出し、肩を竦《すく》めてみせる、みらちゃん。

（叔父さまもご覧になってみれば？）

（え）

（ただし桃香さんも、やっぱり暗いから、なんにも見えないね、って笑って。どうもありがとう、と言って出ていった。それがほんの、ついさっき）

モトくん、しばし絶句したという。

「といっても我ながら、困惑している、という感じではないんです。なんていうか、むしろ納得した、みたいな。よく判らないけど。そこらあたりは同じ自分でも、前半パートと後半パートのあいだのインターバル八時間分の空白の中味を体験しているか否《いな》かの相違なんでしょうね」

みらちゃんの部屋を辞したモトくん、共同洗面所を挟んで西隣りのモモちゃんの部屋のドアをノックした。

しかし返答は、なかったという。

一旦自分の部屋へ向かいかけて思いなおし、北側のスケルトン階段を降りたモトくんは、ダイニングスペースで独《ひと》り飲みしていたわたしと、ここで再び合流。

(どうしたの。モモちゃん、いた？　それともいなかったの)

シャンパン・フルートを手に、そう訊くわたし。

いっぽうのモトくんは、いつになく悄然《しょうぜん》としている。

母親が急死したときも、妻が殺害されたときも、少なくとも葬儀や公《おおやけ》の席では涙を見せなかった彼がいまにも泣き出しそうな表情なのに気づき、わたしは驚愕《きょうがく》した。

(ど、どうしたの、モトくん。なにかあったの？　モモちゃんと……)

(叔母さん……)

(うんッ？)

(ぼくもう、判らなくなりました)

（判らなく、って。なにが？）

（これからどうしたらいいのか……桃香のことも……そして自分のことも）

（ま、まあちょっと、あなたも一杯。気を落ち着けて）

シャンパン・フルートをもうひとつ、キャビネットから出してきて、ブルトン・フィスを注ぐ。

モトくんは押し黙ったまま、それを一気に飲み干した。溜息《ためいき》。

何分、経《た》っただろうか。

（あの……実はあそこで……）

モトくんがようやく口を開いた、そのときだった。

薄闇を切り裂く、血も凍りそうな悲鳴が頭上で響きわたったのは。

（えッ？）

ばたんッと、どこかの部屋のドアが乱暴に閉められたとおぼしき音。

（え。え。えッ？）

どすんッと重量のあるものが倒れ込むような音。

そして、えずくような、しゃくり上げるような泣き声がそれに続く。

（な、なにごと？）

（あの声は……）

モトくんとわたしは急いでスケルトン階段を駈け上がる。するとモトくんの部屋の前で誰かが、へたり込んでいる。

みらちゃんだ。

廊下に尻餅《しりもち》をついたような姿勢で、吹き抜けを取り囲む胸壁《きょうへき》に凭《もた》れかかっている。

（みらちゃんッ）

（みらの、どうした？）

そう問いかけられてもみらちゃん、いたずらに口をぱくぱく。もどかしげに首を横に振るばかり。

空気の塊りが詰まってしまったかのように喉《のど》が、ひゅうひゅう鳴るたびに、眼尻からは涙が溢《あふ》れ返る。

（そ……そこで）

ようやくそう呟いたみらちゃん、のろのろとモトくんの部屋のドアを指さした。

（なかで……な、なな、なかでッ）

（この部屋のなかで？　なにが……）

自分の部屋のドアのハンドルレバーに触れようとしたモトくん。

そんな彼を（ダメええッ）と、みらちゃんが止めた。

（だめッ、ダメだったらあッ）

これまで聞いたことがないほど、それはそれは悲痛な叫び声で。

(だめ、だめだよ。見ちゃダメ。叔父さまは絶対、ぜったいに見ちゃだめ。叔父さまだけは……お、叔父さまだけは)

その言葉でモトくんはおそらく、最悪の事態を察知したのだろう。ものも言わずにドアを開け、室内へ飛び込んだ。

少し躊躇《ちゅうちょ》してから後に続いたわたしは、ぎくりと足を止めた。

床に跪《ひざまず》いたモトくんの傍《かたわ》らに横たわっているのはモモちゃん……首にカーテンのタッセルのようなものが巻きついている。

まるで壊れた人形のように四肢が、だらりと投げ出されていて。

(も……モ、モモちゃん?)

生命力が微塵《みじん》も感じられない。

ぴくりともしない。

(まさか……)

ぶるぶる震えながら彼女の首筋や手首をまさぐっていたモトくん、やがてかぶりを振って立ち上がった。

(息をして……いない)

(まさか、う、嘘《うそ》)

（死んでいます）

（うそでしょおッ）

（なにも手に触れないほうがいい）

わたしを促《うなが》して廊下に出たモトくん、後ろ手にドアを閉める。

（嘘でしょ……嘘でしょおおお）

呻《うめ》くわたしとモトくんの眼が合った。

（も、モトくん……モトくんッ）

しかし彼がわたしを見ていないのは明らかだった。わたしだけではなく、為《な》す術《すべ》もなく廊下にへたり込んだまま弱々しくモトくんのことを見上げているみらちゃんの姿も。

いまの彼の眼は文字通り死んでいるとしか形容できない。光がいっさい入ってこない網膜のなかで周囲の人間、物体はなにひとつ、まともな画像を結べないのだ。

なにも見えるはずがない。すべてを失ったモトくんにとって、認識するに値《あたい》するものなぞもうこの世に、なにひとつ残ってはいないのだから。

（嘘……お願い……神さま、どうか、嘘だと言って）

悲痛なはずの己《おの》れの声音《こわね》がなぜか、ひどく間が抜けて空々しく響く。あまりにもショッキングな眼前の事態に、なにか喋っていないと精神的に壊れてしまいそうな強迫観念にかられての発声だったが、そのひとことで露呈したのは残酷なまでの無力感のみ。

なにもできない……わたしには、なにもできない。モモちゃんを失ったモトくんのために、わたしはなにを、どうすることもできない。ただいたずらに再度（神さま……）と呟くのみ。

一個の虚無《きよむ》と化したモトくんから、ようやくの思いで眼を逸《そ》らす。

（みらちゃん……なにがあったの。なぜ、こんなところで……）

そこへ正広くんと金栗さんが小走りにやってきた。

（ど、どうしたんです、いったい）

みらちゃんに手を貸して立ち上がらせているわたしと、ドアの前に立ち塞《ふさ》がるモトくんを、困惑したように見比べる。

（どうした。なにかあったのか？　なにか、ただごとじゃないような悲鳴みたいなものが聞こえたんだが、あれは……あれは、みらのちゃん？）

（あた、あ、あたしが、いま……）

ようやく立ち上がったみらちゃん、いやいやするように身をよじりながら、泣き声を上げた。

（あ、あああ、あたしがいま、いまッ、そこの部屋へ入ったら……は、入ったら、なかで……なかでッ）

口を大きく開けたまま声が出なくなってしまった、みらちゃん。

正広くんは、そんな彼女からモトくんへと向きなおる。すると。

(警察だ)

(あ？)

(通報しなきゃいけない)

空洞のようだったモトくんの眼の焦点が、ようやく合う。

(警察？　通報、って……)

(桃香が死んでいるんだ。ぼくの部屋のなかで)

(な、なにを言っているんだ、おまえ、し、死んでいる、って)

(首を絞められている。誰かに殺されたようだ)

(お、おいおいおい、やめてくれ、まさかほんとに……)

足を踏み出そうとした正広くんをモトくんは、ぱっとすばやく拡《ひろ》げた両掌《りょうて》を掲《かか》げ、押し戻した。

(見ないでやってくれ)

(な？　なんで)

(見るな。頼む)

(だって、おまえ)

(見ないでくれ)

（そんなこと、言ったたって……）

（頼む）

（だから、な、なんで……）

（あのねえ、デリカシーないなあ、まさピーったら）

割り込むようにして、そう叱責《しっせき》したのは金栗さんだ。

（デリカシーって、な、なんの）

（だから、ちょっとは素央さんの気持ち、考えてあげなさいよ。それにテレビで刑事ドラマとか、観《み》たことないの。こういうときは現場保存第一でしょ、なにはさて措《お》いても。むやみやたらに入りたがったり、覗きたがったりしちゃダメなんだよ）

（いや、おれは別に野次馬根性なんかじゃなくて、だね）

もごもご言い募《つの》ろうとする正広くんの腕を金栗さん、引っ張った。

（とにかく通報しなきゃ。ほら、まさピー、早く）

（おれが？　って、なんでおれが。現場も見ていないのに）

（なに言ってんの。先方に住所や道順を正確に指示できるひとが通報しないと、意味ないでしょ。あたしなんか、この別荘の番地とか知らないし）

正確には別荘地の場合、番地ではなく区画番号だが。

（そっか。そ、それもそうか）

(ほら。判ったら、さっさとする)

(よし。えと。スマホは。あ。枕元に)

はやく早く、と金栗さんに尻を叩かれながら自分たちの部屋へ戻る正広くん。

「あ……そういえば」

ハイボールをひとくち啜《すす》ったモトくん、ふいに頓狂《とんきょう》な声を上げた。

「どうしたの？」

「すみません。スマホといえば、ちょっと変なことを憶《おも》い出した……桃香の遺体を見つけたとき、彼女のそばにスマホが落ちていたんです」

「モモちゃんのスマホ？」

「じゃなくて、その、まるで……いま思うと、なんですけど、ぼくのスマホだったような気がして仕方なくて」

「ふうん……」

「いや、いやいや。でもそんなはずはありませんよね、絶対に。うっかり自宅に忘れてきたものが急に、そんなところに出現するわけはないし」

いや、まちがいなくそれはモトくんのスマホだったのだろう。

でないと、自分の部屋にいたはずのみらちゃんが、なぜモトくんの部屋でモモちゃんの遺体を発見するに至ったのか、その経緯を説明できない。

「話を戻しましょう。正広が自分のスマホを取りにいっているあいだに、叔母さんは時広叔父さんの名前を呼びながら、部屋へ向かった……」

（時広ッ。時広？　時広ったら、――もう、なにをしてるの。こんな騒ぎになっているっていうのに）

「ノックしたときはてっきり、兄は酔っぱらって、ぐっすり眠り込んでいるものと思い込んでいた。案《あん》の定《じょう》、返答がないから、ドアを開けて入った。そしたら……」

時広は床に倒れていたのだ。

首にはカーテンのタッセルが巻きつき、頭部の白髪は赤黒く染まっている。

絶命していた。

おそらく何者かに頭部を硬いもので殴打《おうだ》され、抵抗力を奪われた上で絞殺されたものと思われる。

「モモちゃんも頭部を殴打されていたかどうかはいまとなっては判らないけど、わたしは、ひとめ見て確信した。これは同一犯の仕業《しわざ》だ、と」

わたしは慌てて兄の部屋を飛び出し、後ろ手にドアを閉めた。

見ると廊下で、みらちゃんはモトくんにしがみつき、泣きじゃくっている。

これほど身も世もなく号泣しているみらちゃんを、少なくともわたしは初めて見た。母親の加奈子さんが亡くなられたときも、祖父の元章さんが亡くなられたときも、それぞれの葬儀で涙してはいたが、ここまで悲愴《ひそう》ではなかった。

慟哭《どうこく》とはこういうことを言うのか、と生まれて初めて判ったような気がする。

（だいじょうぶ。だいじょうぶだ、みらの。だいじょうぶだから）

そんなみらちゃんをモトくんはしっかりと抱き締め、譫言《うわごと》のように繰り返す。

（だいじょうぶだから、ほんとに。みらの。ほんとにだいじょうぶだから）

一見、彼女の髪を撫《な》でるモトくんのほうが姪《めい》を落ち着かせ、慰《なぐさ》めているという構図だ。が、わたしの眼に、ふたりの真の役割は逆転しているようにも映る。

すなわち、最愛のひとを失ってしまった素央叔父さまにはもう、あたししかいない、これからはあたしが彼のことを護《まも》ってあげるんだ……と。

みらちゃんは胸中、そう固く決心していたのではあるまいか。そう考えるのは決して穿《うが》ち過ぎではないと思う。

なんとなれば、このときの自分自身がまったく同じ心境だったから。そう。モトくんに取り縋《すが》って離れようとしないみらちゃんの姿とは、わたしの鏡像でもある……そう思い当たって、少し動揺してしまう。

「もうひとつ。あの場では言えなかったことがある」

わたしはよっぽど怖い顔でもしていたのだろうか、モトくん少々、怯《ひる》み気味。

「なんです」

「時広の遺体のすぐそばに、黒と青の市松《いちまつ》模様の手帳が落ちていた」

「え……それって」

「モモちゃんがいつも持ち歩いているメモ帳のように見えた。お店でお客さんたちのオーダーを記録している……」

「そんなものが、どうして……どうして時広叔父さんの部屋に」

「判らない。少なくともそのときには判らなかった。いきなり兄の遺体を目《ま》の当たりにして混乱して……はやく、早く警察に来てもらわなきゃ、と」

（通報したぞッ）

そこへ正広くんが戻ってくる。（すぐに来てくれるそうだ）

（正広くんッ）

わたしは甥《おい》に駈け寄った。

（どういうふうに伝えた？）

（は）

（どういうふうに伝えたの、先方に）

（えと。警察に、ですか？　だから、久志本時広所有の別荘だけど、滞在者の女性のひとりが死んでいる、どうやら何者かに殺されたようだ、と）

（ひとり、じゃない）

（え）

（被害者は、ひとりじゃない）

（ど、どういうことで……）

（時広も……お父さんも死んでいる）

ぐッと正広くんの喉が鳴る。

（殺されているの。モモちゃんとまったく同じように、首を絞められて）

顔を引き攣《つ》らせた正広くん、なんだか笑おうとして失敗したようにも見える。

（そんな、ま、まさか、叔母さん）

（気をしっかり持って）

（うそ……う、嘘じゃなくて？）

（ほんとうなのよ）

（親父が……？　そ、そんな）

ふらつくような足どりで東側の部屋へ向かおうとする彼を、わたしは押し留《とど》めた。

（到着は、いつ？）

（え）

（警察は何分後に来てくれるの）

（え、えと。さあ、それは。さすがに市街地並みのレスポンスタイムは期待できないでし

ょうけど。急行すると言ってくれましたから、ええ、何時間もかかる、ってことはないと思いますが）

（よく聞いて）

わたしは正広くんの腕を引っ張り、みらちゃんとモトくんのところへ駈け寄った。

（みんな、よく聞いて。何者かは判らないけど、わたしたちみんなを殺して回っているやつがいる）

全員が息を呑《の》む気配。

（じゃあ、ほんとに？　親父はほんとに……お、叔母さん、ほ、ほんとに？）

時広の部屋のほうへ足を踏み出す正広くんを、わたしは再び押し留めた。

（独りになっちゃだめ。絶対に。警察が来てくれるまで、みんな、ひとかたまりで行動すること。いいわね？）

頷《うなず》きかけた正広くん、突然びくんッとバネ仕掛けのように跳び上がった。

（え、恵麻ちゃんッ）

（早く連れてきなさいッ）

（恵麻ちゃああんッ）

踵を返し、西側の部屋へ突進する正広くんの後に、わたしたちも続く。

（恵麻ちゃん、え、恵麻ちゃん、たいへんだ。早くここから……）

そう呼ばわっていた声が、ふいに（わ……わあああああッ）という絶叫に変わったではないか。

（正広くんッ？）

部屋へ駈け込んだわたしは彼の（来るなあああああッ）という怒号《どごう》に思わず、あとずさった。

（どうしたの、いったい）

（く、来るな……来ないでください、お、叔母さん）

（いったい、なにが……）

わたしの眼に飛び込んできたのは、床に仰向《あおむ》けに倒れている金栗さん。

白眼を剝《む》き唇を半開きにしたその首には、カーテンのタッセルのようなものが搦《から》みついている。しかも下半身は裸。上着は、たくし上げられていて。

室内灯の光が煌々《こうこう》と、露出した丸く白い乳房に降り注《そそ》ぐという、なんとも妖《あや》しく、そして無惨な姿で。

（か……金栗さん？）

（後生《ごしょう》です）

正広くん、これまで見たことがないほど悽愴《せいそう》な形相《ぎょうそう》で振り返る。

子どものように涙と洟水《はなみず》を撒《ま》き散らし、わたしを廊下へ押し出した。

（これは、いったい……）

（後生ですからッ）

押し出される寸前、わたしは気がついた。部屋の奥の出窓が開いていてカーテンが、はためいていることに。

まさか犯人は、あそこから……？

閉じられたドアに耳を当て、室内の気配を窺ってみる。正広くんの咽《むせ》び泣きのような声が、かすかに聞こえる。

ときおりヒステリックに笑っているかのように罅《ひび》割れて。

（叔母さん……）

みらちゃんの肩を抱き寄せながらモトくんが歩み寄ってきた。

（なかで、なにが……？）

（金栗さんが……）

（……まさか）

わたしは首を横に振ってみせる。

（首を絞められている）

（殺された……んですか）

みらちゃん、さらに強くモトくんの身体にしがみつく。

(同じやつ、なんでしょうか)

(さあ。でも、どれも手口が同じっぽいから、もしかしたら……)

(正広は……? いま)

わたしは答えなかった。

どれくらい時間が経過しただろう。

ゆっくりドアが開くと、憔悴《しょうすい》し切った様子の正広くんが現れた。

(すみません、ほんとに……)

ずり落ちそうになっているメガネをなおしながら、後ろ手にドアを閉めた。

(すみません、現場保存がだいじなのは判っているんだけど……)

さきほどドアが閉まる寸前、床に人間のかたちに膨《ふく》らんだシーツが、ちらっと見えた。

半裸姿の金栗さんをそのままにしておくことはどうしてもできなかった、と言いたいのだろう。

(……どうします、この四人で)

わたし、モトくん、みらちゃんを順番に見る正広くん。

(ひとかたまりで行動するとして、どこで待機したものか)

(やっぱり一階でしょ。二階の客室のどこかに籠城《ろうじょう》するのはいざというとき、雪隠《せっちん》詰めになりかねないし。警察が来たら、すぐに保護してもらえるように。ただ……)

（ただ？）

（さっき正広くんの部屋を覗いたとき、出窓が開いていた。もしも金栗さんを殺した犯人が、あそこから跳び降りて、逃げたのだとしたら……）

（一階のリビングやダイニングに再び侵入してくるかもしれませんね）

北側のスケルトン階段の降り口にあるパネルを正広くん、操作した。

常夜灯の薄明かりしかなかった邸内の空間が一気に真っ昼間並みになり、全照明の光が吹き抜けいっぱいに拡がる。

その眩《まぶ》しさに一瞬、わたしの背筋に悪寒が走った。

不思議なものだ。たしかに明るくなると、いくばくかの安心感は湧いてくる。しかし同時に曰《いわ》く言い難い恐怖心もまた、じわじわ高まってくるのだ。

適切な譬《たと》えかどうか判らないが、本来照明を落とし加減の薄闇のなかで繰り広げられるべきホラー映画の残虐シーンが、もしも燦々《さんさん》たる太陽光の下で起こったとしたら、どうだろう。ワンカットも余すところなく、くっきり鮮明な描写で。

先刻、目の当たりにしたばかりのモモちゃんの遺体、そして兄、時広の遺体が脳裡《のうり》に浮かんでくる。

常夜灯のいささか頼りない明かりの下で対面したふたりの遺体とは対照的に、金栗さんの白い身体には煌々たる室内灯の光が降り注いでいた。そのコントラスト。

どちらがより恐怖心を煽《あお》るかは、ひとそれぞれだろう。だが、少なくともいまのわたしにとっては煌々たる光の下に晒《さら》される白い肌のほうが、薄闇に沈む遺体よりもはるかに恐ろしい。

（さ。行きましょ）

（みんな、気をつけて）

正広くんが先頭に立ち、階段を降り始める。続けてみらちゃん、わたし、モトくんと、ゆっくり。

（お互いに離れないでね）

ダイニングとリビング・スペースを、ざっと見回した限り、わたしたち四人以外は誰もいないようだ。

（くれぐれも気をつけて）

（先ず裏口を……）

この別荘の正面玄関は南側にある。位置的にはモトくんとわたしの部屋のあいだの共同洗面所のちょうど真下辺《あた》り。

いまわたしたちが降り立ったのは北側で、建物の裏口はこちら側にある。

正広くんは先ず、裏口の扉に異状がないかをチェック。

（どう）

（だいじょうぶです。トイレは……）

一階のお手洗いは二箇所。男性用個室と、パウダールームを兼ねた女性用に分かれている。

リビング・スペースの北側の隅で、位置的には、みらちゃんの部屋の下辺り。

（油断しないで。特に女性用は、個室に誰かが隠れているかもしれない）

四人でひとかたまりになってお手洗いやパウダールームに異状がないか調べるのは、なかなか得難《えがた》い体験かもしれない。ゆったり空間に余裕があるから窮屈《きゅうくつ》なわけではないけれど、やっぱり変な感じ。

男性用も女性用も念入りに調べた。

窓は施錠されている。

誰かが個室に潜《ひそ》んだりもしていない。

次に東側のテラスデッキへと出るガラス戸。そして南側のピクチャアウインドウ。

いずれも異状なし。

こうして一階の東部半分をぐるりと回り込むかたちで、わたしたちは正面玄関へと辿《たど》り着いた。

（ここも、だいじょうぶだな。ちゃんと鍵が掛かっている。あとは……）

（正広くん、キッチンの裏）

（あ。そうだ）

一階の間取りをざっくり二分割すると東半分がリビング・スペース、西半分がダイニングとキッチンだ。

キッチンの奥には専用の勝手口がある。しかも、なんと西側に。

位置的に正広くんの部屋のほぼ真下だから、もしも犯人が金栗さんを殺した後、出窓から跳び降りて逃げたのだとしたら、このキッチンの勝手口は再侵入経路としては、もってこいだ。

（だいじょうぶ。鍵、掛かってます）

正広くんのそのひとことでようやく、一同の緊張が少し緩《ゆる》む。

（あとはもう、ここでじっとしていましょ。みんないっしょに）

正面玄関にいちばん近いソファで身を寄せ合い、警察の到着を待つことにする。

（ああ、くそッ。なんだってまた、ちくしょうめッ、急に、こんなことに……）

メガネを外して、ぐるりと顔を撫で回した正広くん、まてよ、と呟いた。

（おい、素央。そういえばおまえがさっき、言っていたこと）

（なにを）

（あそこから……）

南向きのピクチャアウインドウのほうへ顎をしゃくってみせる。

(あの窓から、邸内を覗いている不審者がいた……って)

(えッ)

ひゅっと息を呑んで、みらちゃんがわたしにしがみついてくる。

(も、モトくん、それ、ほんと?)

(どんなやつだったんだ)

(さっきも言ったが、一瞬だったから、はっきりとは判らない。男なのか、女なのか。若者なのか、年配者なのかも)

(おれは見ていないからなんとも言えないんだが、もしもそれが素央の眼の錯覚とかじゃないのだとしたらひょっとして……ひょっとして、そいつがみんなを……)

(眼の錯覚なんかじゃない)

(じゃあそいつだ、きっと)

正広くん、眼が血走っている。

(もしかしたら……もしかしたらだけど、そいつは最初から恵麻ちゃんを狙《ねら》って、ここへ来たのかもしれない。ほら、親父が電話で言ってた、あれ)

ここでわたしとみらちゃんも、さきほどの時広の部屋から正広くんの部屋へとかかってきたという、館内電話の内容を知らされたのだった。

(そいつが親父とジューテツまで殺したのは、自分の姿を目撃されたとか、なんらかのか

たちで邪魔になったからだ）

恵麻さんは無事か？　と。時広がそういうピンポイントな訊き方をしたというのは、たしかに気になる。

（でも、あの黒いひと影は外にいたんだぞ。どうやって邸内へ入ってこられる？　一階の戸締まりが完璧なのは、いまみんなで確認したばかりだ）

（一旦侵入しちまえば、自分でいくらでも施錠できる）

（だから、どうやって入ってこられたと言うんだ）

（例《たと》えば、インタホンでオートロックを解錠してもらったのかもしれない）

（なんだって）

正面玄関と裏口はオートロックで、モニター付きの操作パネルはダイニングに設置されている。

（犯人に頼まれて鍵を開けてやった、と言うのか？　いったい誰が？）

（親父だろう、多分）

（時広叔父さんは食事の後も、ずっとダイニングにいたと言うのか？）

（ちがうちがう。インタホンのモニター付きの操作パネルはダイニングだけじゃなくて、親父の部屋にもあるんだ）

（え。ほんとに？）

モトくんがこちらを見るので、わたしは頷いて返した。みらちゃんも調子を合わせ、こくこく頷く。

（知らなかった。考えてみれば、ぼくは時広叔父さんの部屋に入ったことないし）

みらちゃんだって多分、時広の部屋へ入ったことはないはずだが、インタホンのことをちゃんと知っているのは、外でなにか困ったことでもあったときは彼の部屋を直接呼び出してくれ、と教えられているからだ。

この別荘へ招待されたことのあるひとは、みんな知っている。モトくんだって教えられていないはずはないのだが、単に失念しているだけなのかどうかはさて措き、どうやらこういうときに親戚付き合いの薄さの弊害《へいがい》が露呈するようである。

（パーティーが終わって各自、自分の部屋へ引っ込んで寛《くつろ》いでいるあいだに、もしかしたら誰かが別荘へやってきたのかもしれない。玄関からか、それとも裏口からかはともかく、そいつは親父の部屋を直接インタホンで呼び出す）

（その訪問者の口車に乗って、時広叔父さん、うかうかとオートロックを解錠してしまったって言うのか）

（知り合いだったら招き入れるだろう。ただし、いくら知り合いだといっても訪問する時間帯が時間帯だから、解錠してもらうためには、よっぽどうまく言いくるめないとだめだが。そういう意味ではおまえの言うように、親父はまんまとそいつの口車に乗っかっちま

ったのかもしれない）

（そうか、時広叔父さんの……なるほど、そうだったのか。それで、さっき……）

というモトくんの独り言めいた呟きに被せて正広くん、勢い込んだ。

（そう考えると、大いに納得のいくことがあるぞ）

（なんだ？）

（親父の例の館内電話だ。見まちがいかもしれんが、建物の周囲をうろついている人物がいるらしいから、戸締まりとか気をつけろよ、と。親父本人じゃなくて他の誰かが目撃したことを報告しているような口ぶりだった、と言っただろ？　その報告をした人物こそ、誰あろう……）

（時広叔父さんがオートロックを解錠して、邸内へ招き入れた人物だった？）

大きく頷く正広くんの表情は、先刻と比較するといくぶん和《やわ》らいだとはいえ、未《いま》だ悽愴《せいそう》苛烈《かれつ》そのもの。

（まんまと入り込んだそいつは親父にこう注意する。建物の周囲をうろついている不審者がいる、と。そういう架空の人物をでっち上げることで、真の不審者である自分自身の存在を警戒させないようにしたんだ）

（なるほど……それはあり得るかも）

（仮に犯人がその方法で侵入したのだとしたらもう、こっちのもんだ）

（え。どういうこと）

（ばっちり証拠が残っているはずだからさ。な。いくら親父が呑気《のんき》で他人を疑わない人間であっても、モニターに顔も映そうとしない訪問者のために、うかうかオートロックを解錠するわけないだろ）

（モニターには、素顔を曝《さら》した犯人が時広と交わすやりとりの映像と音声の記録が残っている、ってわけね）

（そうですそうです）

正広くん、わたしへ向けてくる顔にようやく血の気が戻ってきた。

（仮に犯人がインタホンを使っていないとしても、侵入している以上は玄関や裏口、テラスや勝手口付近に設置された防犯カメラのどれかに映っている。その場合、顔は隠しているかもしれないが、いまの映像解析《かいせき》力は半端《はんぱ》ないからな。こちらが警察にモニターと防犯カメラの映像を証拠として提出すれば、秒で捕まるぜ、そいつ）

（……ひょっとして、猪狩さんてひとなんじゃないか）

唐突にモトくんが発したその言葉に、残りの三人は互いに顔を見合わせた。

（なに言ってんの、おまえ）

（いま正広が言ったことはすべて、部外者犯行説を前提としている。だろ）

（あたりまえだ。なんでわざわざ内部犯行説を採用しなきゃいけないんだよ）

（叔母さん）

思い詰めた表情で、正広くんからわたしに向きなおるモトくん。

（時広叔父さんは、たしかに殺されているんですよね？）

（ええ。息絶えていた。たしかよ）

（証拠もないのにこんなことを言うのもなんだけど。現に時広叔父さんが殺された以上、それは同室の婚約者の女性の仕業《しわざ》だと考えるのが自然じゃないでしょうか）

再び正広くん、みらちゃん、そしてわたしは顔を見合わせた。

（犯人は猪狩さんだとして、ではどうして桃香や金栗さんまで手にかけたかというと、時広叔父さん殺害の一部始終を偶然、ふたりに目撃されるかどうかしてしまったので、その口封じを……）

（いや、それはない）

図らずもわたしたち三人の声がユニゾンになってしまった。

びっくりしたのだろう、モトくんにしてはめずらしく、鳩が豆鉄砲を喰らったかのようなお顔。

（あのな、素央。ちょっとややこしいんで結論だけ言うぞ。猪狩さんていう女性は、この別荘には滞在していないんだ。つまり、いまここにはいない）

（いない、って、どうして。今日のお昼に叔父さん、〈ホテル・トコヨ〉へ彼女を迎えにゆく、って……)

(うん。行った。行ったよ。でも親父はその後、ひとりで戻ってきたんだ)

(ひとりで、って。どうもおまえの言っていることはよく判らない。なんだってまた、そんな変な……)

(あの、あたし、ちょっと……)

おずおずと気まずそうに、みらちゃん、立ち上がった。

(なに。トイレ?)

わたしも立ち上がった。(いっしょに行こう)

(だいじょうぶです)

(だめ。だめだめ。こういうときは絶対、ひとりになっちゃダメなの。昼間みらちゃん、自分で言っていたじゃない。ホラー映画なんかでよくある、陸の孤島パターンのお約束でしょ)

決して軽口のつもりはなかったが、自分の言葉になんとも嫌あな気分になる。

(ひとりになったら、なにが起こるか判らない。少なくとも互いに離れちゃダメ。女性用は個室が三つあるんだし。ね)

みらちゃんとわたしは連れ立ってお手洗いへ向かう。

するとそれに感化されたかのように正広くんも立ち上がった。

（駄目だ）

（どうした）

（恵麻ちゃんのことを考えると、おれ、シラフで正気を保てる自信、ないわ。不謹慎なのは承知だが、ちょっと一杯、ひっかけさせてくれ）

（じゃあぼくもお付き合いさせてもらう。叔母さんの言うとおりだ。こんなときは、ひとりになっちゃいけない。少なくとも互いに離れるのは得策じゃない）

（なあに。多少の距離はあっても、ちゃんとみんなの姿を互いに見通せるんだから、だいじょうぶさ）

　そんなやりとりを耳にして、みらちゃんといっしょにホテル並みに豪華なお手洗い兼パウダールームに入るつもりだったわたしは、気を変えた。

　正広くんとモトくんの立場にしてみれば、みらちゃんとわたし、ふたりの姿を同時に視認できなくなるのは、かなり不安かもしれない。

　とりあえず、みらちゃんをお手洗いに入らせ、わたしは外で待つことにした。ダイニング・スペースに入る正広くんとモトくんの姿を眼で追いながら。

（……素央、さっきは、すまなかった）

　冷蔵庫を開けた正広くん、ビールの小瓶《こびん》らしきものをモトくんに手渡す。

（え、と。どれのことで？）

(さっき、ジューテツが殺されていると騒ぎになったとき。ほんとかよと思って、おれ、部屋へ入ろうとしたじゃん。そしたら、おまえが必死で止めた。見ないでやってくれ……って)

(ああ……)

(正直に言うけど、おれ、あのときは、なにを言ってんだこいつ、って思ったんだ。だってさ、考えてもみてくれ。いきなりジューテツが殺された、だけど現場は見ないでくれって言われても、こちらとしてはどう判断したらいいか判らない)

(たしかに)

(早い話、これが叔母さんたちもグルになっての壮大な悪ふざけではない、っていう保証はどこにもないわけじゃん。な。いや、怒らないで一度、あのときのおれの立場になってみてくれよ。な?)

(うん)

(ジューテツはほんとは殺されていなくて、部屋のなかでぴんぴんしているんじゃないか、と。真剣にそう疑っちまったわけだよ、悪いけど)

舞台劇俳優並みの、激しくもドラマティックな身振り手振りで、ビールの小瓶をラッパ飲みする正広くん。

歩き回るのに疲れたのか、ダイニング・テーブルに小瓶を置くと、どすんッと椅子《いす》に腰を下ろした。

(それに仮に、仮にだよ。ジューテツが殺されているのが仮にほんとうだとしても、なぜその遺体を見せたくないんだ、と。最悪、ひょっとして彼女を殺したのは素央、おまえで、それを示す証拠がまだ室内に残されているかもしれない。だから現場を見せることを必死で拒《こば》んだんじゃないかとすら疑って……いや、判ってるわかってる。気を悪くさせて、すまない。だからこうして、あやまっているんだ)

いま座ったばかりの椅子から正広くん、もう立ち上がった。

せわしないと思う間もなく、今度は対面式キッチンのカウンター席へと腰を移す。どこに座ってもいたたまれない、とでも言わんばかりに。

かと思いきや、またすぐに立ち上がり、ダイニング・テーブルに置いたままだったビールの小瓶を手に取る。

ちょっと迷う素振りを見せたものの結局、カウンター席のほうへ戻る正広くん。

己れの感情の乱れを制御できずにもてあましている、といったところか。

(ほんとうに、もうしわけない)

(気を悪くしているわけじゃない。正広、おまえの言っていることは、ごもっともだよ。まことにごもっともだ)

(人間、同じ状況に我が身を置いてみないと理解できないことってあるんだな。痛感した

よ、ほんとに）

モトくん、ビールの小瓶を口もとへ運びかけていた手を止めた。

わたしの位置からその表情はよく見えなかったが、どうやら正広くんの言葉をじっくり聞こうとしているようだ。

（おれも……おれも恵麻ちゃんのあんなひどい姿、誰にも見られたくなかった。絶対。だから、とっさに叔母さんを部屋から追い出すような真似《まね》を……あ。いけね）

（どうした？）

（スマホ）

ちっ、と舌打ちする正広くん。

（通報した後、うっかり部屋に置いてきちまった。何時だ、いま）

（えーと）

ビールの小瓶を持ったままリビングのほうへ歩み寄ってきたモトくん、キャビネット上のデジタル置き時計を覗き込む。

（二十三時五十二分。もうすぐ日付が変わって日曜日になる。それにしても遅いな、警察は。いくらこんな場……）

モトくんの言葉を遮《さえぎ》り、奇声が響きわたった。

がはッとか、ぎゃああァッとか、なんとも神経を逆撫でするような絶叫が。

見ると、対面式キッチンのカウンター席に座っていた正広くんが、床へ崩れ落ちるところだった。

（は……は……な、なんで……）

ビールの小瓶も床に落下し、というより正広くんが手に持ったまま激しく叩きつけるようなかたちになり、泡を噴《ふ》きながら粉々に砕け散る。

（な、ななな、なんで？）

正広くんの頸部《けいぶ》から、真っ赤な噴水が迸《ほとばし》った。

（なんで……な、なんで……）

たちまち彼の上着の襟《えり》から袖《そで》、裾《すそ》まで、まるまるバケツで染料をぶっかけたかのように赤黒く変色。

（なんで、なん……なん……な）

血飛沫《ちしぶき》とともに、メガネが吹っ飛ぶ。

ごんッと嫌な音をたて、正広くんの頭部が床を直撃した。

（正広ッ）

モトくんが叫んだ。

その先には上着もパンツも全身、黒ずくめの人物が。

（誰だッ？）

サングラスと白マスクをしていて、男なのか女なのか、若いのか年配なのか判らない。

ただひとつ、たしかなのは。

その人物が振り上げているのは鮮血したたる、包丁だという事実のみ。

襲撃者はおそらく正広くんの背後から忍び寄り、彼の喉をその包丁で掻《か》き切ったものと思われる。

（何者だ。どこから入ってきた？）

（モトくん、だめッ）

反射的な行動だったのだろう。血の海に沈んだ正広くんに駈け寄ろうとしたモトくんだったが。

（ダメだよ、モトくんってば）

黒ずくめの謎の人物はそんな彼に、容赦《ようしゃ》なく襲いかかる。

（誰なんだ、きさまッ）

モトくん、とっさに、持っていたビールの小瓶を襲撃者に投げつけた。

どんッと鈍《にぶ》い衝撃。

小瓶は黒い上着の肩の辺りに命中。ビールを撒き散らしながら床に落下したが、瓶は割れはしなかった。

その一打を襲撃者はものともせず、ラグビーでスクラムを組むような体勢で、モトくんめがけて突進してくる。

（あッ……）

わたしの位置からはモトくんの背中しか見えなかった。が、どうやら腹部を刺されてしまったようだ。

（くそッ）

（逃げてッ）

横倒しになったモトくん、胎児のように身を丸め、襲撃者のさらなる攻撃を躱《かわ》すべく、床を蹴りながら必死で転《ころ》がる。

（モトくん、逃げてッ、早くはやく。逃げてえええッ）

だがそんな彼を嘲笑《あざわら》うかのように黒ずくめのそいつは、あっさりとモトくんに馬乗りになった。

（や、やめろッ……）

両手で摑《つか》みなおし、振り下ろした刃先が彼の喉笛を直撃し。

そして。

「……ぼくの予知夢の後半パートは、ここで終わりです」

グラスの残りを一気に飲み干したモトくん、立ち上がり、新しいハイボールをつくってテーブルへ戻る。

「自ら見届けたわけではないけれど、ぼくはここで死んだ」

わたしは頷いた。

「失血性ショックとか、そんなところでしょうね。しろうと眼にも、これで生きていられるはずがないと確信するほどの量の血が床、一面に……」

「そこから叔母さんは？　どうされたんですか」

「わたしも頭に血が昇っていたんでしょう。なんとかモトくんを救《たす》けなきゃとでも思ったのか、気がついたら黒ずくめの襲撃者へ突進していた」

黒い上着につかみかかろうとしたわたしに、襲撃者は包丁を一閃《いっせん》。

左の二の腕を切り裂かれ、パニック状態になった。それは同時に現状を再認識し、少し正気に戻ったということでもあった。

「丸腰でかなうわけはない。とにかく逃げなきゃ、と。踵を返して、東のテラスデッキのほうへ走った。無意識に。なぜだか正面玄関のほうじゃなくて。それこそガラス戸にぶつかって破砕《はさい》し、そっちのほうで流血沙汰《ざた》になってもおかしくないほどの勢いで。そしたら……」

ふいにわたしの背後で、どたんッと激しい衝撃音がした。

（えッ？）

思わず急ブレーキをかけて振り返ると、黒ずくめの襲撃者は床に、うつ伏せに倒れていた。身体の下に、自分の右手を敷き込んだ姿勢で。

（あ……）

床に飛散した血に足が滑るかどうかしたのか、襲撃者は前のめりに転んだ拍子《ひょうし》に、持っていた包丁の刃先で自分自身の腹部を突き刺してしまったのだ。

なんとか起き上がろうとするが、うまくいかない。

いたずらに四肢《しし》を、ばたつかせる。その都度《つど》、ぐわッとか、ぎいいいッとか意味不明の人間離れした奇声が洩《も》れる。

そんな襲撃者の動きは、うつ伏せの姿勢のまま、だんだん弱くなってゆく。

「みるみるうちにその身体の下から鮮血の海が拡がっていった。痙攣《けいれん》するみたいに手足がぴくぴく動いていたから、もしかしたら即死じゃなかったかもしれないし、実際に死んだかどうかも判らないけれど」

わたしは転びそうになりながら、女性用お手洗いのほうへ駈け寄り、ドアをがんがん、乱暴にノック。

（みらちゃん、みらちゃんッ。みらちゃん、ってば。出てきて、早く。ここから逃げるのよ。はやくッ）

「扉を開けてみたら、パウダールームに、みらちゃんが倒れていた……首にはタッセルのようなものが巻きついていて」

彼女が息絶えていることを確認して、わたしの予知夢の後半パートは終了。いや、もうひとつ。

もうひとつ、重要な事実が残っている。

が、それを披露《ひろう》する前にいろいろ検証しておかなければならない。

いきなりすべてを種明《たね》かししたところで、モトくんは混乱するだけだろうから。

丁寧《ていねい》に。ひとつずつ、順番に。

＊

「犯人は何者なのか、という疑問はもちろん、最大の謎はあの密室問題です」

凶行時の別荘の一階部分は、厳密に言うと密閉空間と称するのは不正確なのだが、モトくんがそう問題提起したくなる気持ちも、よく判る。

「裏口もトイレもガラス戸も、窓も正面玄関も、キッチンの勝手口も、なにも異状はなかった。戸締まりは完璧だったんだから。あと犯人が侵入するためには窓を割るくらいしか方法はない。けれどもちろん、そんなことはしていないわけで」

「もうひとつ、あるでしょ、方法は」

「え」

「二階から階段を降りてくる」

「窓ガラスを割るのと、おっつかっつですよ、それじゃ。あの状況で、何者かが階段を降りてきているっていうのにぼくたちのうちの誰ひとり、それに気づかないなんて。あり得ませんよ、いくらなんでも」

「そうだね」

あっさり引っ込めるわたしの口調か表情に、なにか含みでも感じ取ったのか、モトくんは怪訝《けげん》そうに眼を細めた。

「なにか……叔母さんにはなにか、考えがあるんですか」

わたしは頷いた。

「あのね、多分だけど。すべての謎は連動しているんだ」

「連動？」

「玉突き式、と言ったほうがいいかな。先ず、あの包丁を持った襲撃者は如何《いか》にして、モトくんが言うところの密室内へと侵入できたのか？　その方法を解明すれば、犯人の素性《すじょう》は自動的に特定できる」

わたしの口ぶりが断定的に過ぎたのか、モトくん、虚《きょ》を衝《つ》かれたかのように顔をしかめる。

「犯人が何者かが判れば、これまた自動的にその動機と、そしてあれほどの惨劇に至ることになった経緯も明らかになる」

「動機……その犯人の動機というのは……やはり」

逡巡《しゅんじゅん》を覗かせながらモトくん、続けた。

「やはり、このぼくの存在に直接かかわってくるわけですよね？　予知夢の内容を受け、ぼくは土曜日の別荘行きを急遽《きゅうきょ》キャンセルした。そしたら、あの謎のサイコキラーは姿を現さず、誰ひとり犠牲になることなく、終わった。つまり逆に言うと、ぼくがいたからこそ惨劇は引き起こされたんだ、と。どうしてもそういう理屈に……」

「一足飛びに結論を出す前に、先ず実際の土曜日の別荘での様子を説明しておきましょうか」

予知夢のなかではモトくんの車にみらちゃん、わたしのワゴン車にモモちゃんと、分乗して常世高原へ向かったのだが。

「実際の土曜日は、わたしのワゴンにモモちゃん、みらちゃん、そして平海くんが同乗した」

前日の金曜日、モトくんのキャンセルを受け、みらちゃんからわたしに電話がかかってきたのだ。

実は最近、交際を始めた同じ大学の学生がいるのだが、彼をパーティーに招待してもかまわないだろうか、と。

「近しい縁者が一堂に会する、いい機会だから。平海くんのこと、みんなに紹介しておきたい、って」

「それはいいんだけど、みらのはまたなんだって急に、そんな気になったんだろ」

「いろんな要因が考えられるけど、なによりも先ず、モトくんに対する執着心から己れを解放するため、でしょ」

「ぼくに対する執着……って」

「わたしの理解するところでは、みらちゃんはモトくんとの距離感の取り方に悩んでいたんだと思う」

「どういうことです、いったい」

「判らない？」

「いきなり距離感とか言われても」

「ほんとに気づいていないの？ 彼女があなたに対して、どういう想《おも》いを寄せているのかに」

モトくん、黙り込む。

「できることならば独占したいんだよ、みらちゃんはモトくんのことを」

黙ったまま、つと眼を伏せる。

「ほら、さっきここで会った、みらちゃんのことを憶い出してごらん。まるで別人のように変身したあの姿。イメージチェンジしたことについて、みらちゃん、こんなふうに言ってたでしょ。もういろいろ鎧《よろい》は必要なくなったから、重い女はやめた……って」

　モトくん、顔を上げ、口を開きかけたが、言葉は出てこない。

「モトくんへの想いが露呈したが最後、もう自分で自分の暴走は止められなくなる、と。みらちゃんはそのことが、よく判っていた。モトくんとの適切な関係性を保っていたいなら、まちがった愛情の抱《いだ》き方をしてはいけない、と。だから平海くんを彼氏としてみんなに紹介することで、言わば己れの退路を断った」

「叔母さんが言っていること、すべてをちゃんと理解したわけじゃありませんけど……仮にその己れの退路を断つ説が正しいのだとしても、どうしてこのタイミングでその気になったんだろ」

「だから複合要因があるのよ。すべてをきっちり説明し切れるかどうかはともかく、これからおいおい明らかになってゆくと思うよ。事件の解明と同時進行で、ね」

　わたしは空になっている自分のグラスとモトくんのグラスを持って、立ち上がった。

　グラスに氷を入れる。ふたり分のハイボールをつくり、テーブルへ戻る。

「実際の土曜日の話に戻ると。ワゴンで十時頃に出発したこと、途中で〈ホテル・トコヨ〉に寄ってランチしたこと、レストラン内でお店の常連の古瀬さんらしきひとを見かけたこと等々。予知夢の内容と、ほぼほぼ合致している」

四人で別荘に到着する。時広が出迎えてくれる。

「みらちゃんの彼氏を連れてゆくというのは実は時広には事後承諾だったの。でも、平海くんを紹介された時広はもう、めちゃくちゃ喜んでさ」

それはおそらく、みらちゃんがこのまま、いわゆる「まともな結婚」の道を歩んでくれれば、彼女の保護者であるモトくんの足枷《あしかせ》も確実にひとつ減る、という保守的な期待ゆえだったのだろう。が、ここでは敢《あ》えて言及は避けておく。

「そこへ正広くんと金栗さんが到着」

「え。というと時広叔父さんは〈ホテル・トコヨ〉へ猪狩さんを迎えには……？」

わたしは首を横に振った。

「時広のフィアンセなる女性がいっこうに姿を現さないものだから、モモちゃんも、変だなあ、と思ったんでしょ。猪狩さんて方、これから来られるんですか？　と訊いた。そしたら時広は、バツが悪そうな照れ笑いを浮かべて」

（いやあ、恥ずかしながら、フラれちまったんだよな、土壇場《どたんば》で）

（えッ）

モモちゃん、びっくり仰天《ぎょうてん》。

（え。え。フラれちゃった、って。ど、どういうことです、いったい？）

（いやあ、どうしてもこの婚約はなかったことにして欲しいと、彼女に懇願されちまって

なんて）

（え。えええええッ。信じられない。大叔父さまの求愛を袖にする女性が、この世にいるなあ。ははは。仕方なく）

傍らで聞いているわたしは内心、大笑いである。

もちろんモモちゃんはお世辞《せじ》を言っているわけでもなんでもなく、あくまでも大真面目《まじめ》。要するに時広の財産目当てで押しかけ女房を志願する女なぞ引きも切らないはずでしょ、という意味なのだが、わざわざそんな指摘なんて野暮な真似はいたしませんとも。

「でも、その婚約破棄《はき》って話、実は真っ赤な嘘なんだけどね」

「うそ？」

ハイボールのグラスを口もとへ運びかけていた手をモトくん、止める。

「え。じゃあ婚約はなかったことにして欲しいとか、そんなことは、ほんとは言われてない？」

「ちがうちがう。そもそも猪狩さんなんて女性は存在しないんだから」

「は……はあッ？」

こんなコミカルで素《す》っ頓狂《とんきょう》なリアクションをモトくんから引き出せるとは、なかなか稀少《きしょう》な体験かも。

「もしかしたらお名前だけ拝借した猪狩さんは実在するかもしれないけど。そもそも時広には再婚する意思なんて、ないのよ。ああ見えて未だに正子《まさこ》さん……病死した愛妻、ひと筋のひとだから」

「それはぼくも、ずっと感じていました。時広叔父さんにとっては正子叔母さんに取って代われる女性なんて、この世に存在しないんだろうな、と。でも、それを覆《くつがえ》して再婚を決めたということはよっぽどの、運命的な出会いだったんだな、と思って。猪狩さんという方にお会いできるのを、けっこう楽しみにしていた」

「まさにそこ」

「え？」

「それこそが狙いだったのよ、時広の」

「どういうことです」

「時広が再婚するとなったらモトくんならずとも、相手はどんな女性だろうと、みんな並々ならぬ興味を抱く。つまり、普段は親戚付き合いがお世辞にもいいとは言えないモトくんも確実に……ここ、だいじだけど、確実に別荘へ来てくれる。そんな狙いというか、思惑が時広にはあったのね」

「ぼくが……確実に別荘へ？」

「正広くんのフィアンセのお披露目《ひろめ》という口実だけじゃ弱い、と思ったんでしょう。だから自分の再婚話という、もっとインパクトが強烈な餌《えさ》を用意して、たしかにその狙いは一旦は当たった。でも結局、急用で上京という理由でモトくんは来ないことになった。時広はさぞ困ったでしょうね。ひょっとしたらお披露目イベントそのものを中止することも考えたかもしれない」

「え、と。中止って、ぼくが来られなくなっただけで？」

「そ。まさにそれ。モトくんが来られなくなったからといって、いきなりすべて止《や》めちゃうのも不自然だもんね。悩んだもののまあ結局、正広くんの婚約祝いの口実だけで、みんなで集まってご飯を食べるってことで予定をひとりとおりこなせばそれでいいや、みたいな気持ちでいたんじゃないかな。そしたら、みらちゃんが彼氏を連れてくるという嬉しいサプライズ」

「嬉しいって、時広叔父さんにとって、そんなに喜ばしいことだったんですか、みらのの彼氏が」

「そりゃそうよ。これでわざわざ別荘へみんなを招いてのパーティーというイベントにも恰好《かっこう》がつくじゃない。だから大喜びしたわけよ。もしかしたらみらちゃんのほうも、それを見越して、平海くんを連れてゆくことにしたのかもね」

「え。どういうことです」

「モトくんが別荘へ来ないとなれば当然、時広は自分の再婚話という嘘を押し通す必要もなくなる。というか、そもそもパーティー開催自体、意味がなくなるわけで、それでは時広も、きまり悪いだろうと。みらちゃんなりに気を遣《つか》ったんじゃないかな。自分の彼氏をみんなに紹介すれば、少しでも賑《にぎ》やかしになるかもしれない、と」

「ちょ、ちょっと。叔母さん、ちょっと待ってください。全然、話が見えない。というか、その、それだとまるで、みらのは時広叔父さんの再婚話が真っ赤な嘘だと最初から知っていたかのように聞こえ……」

「知っていたのよ、もちろん」

滅多《めった》にないことだが、モトくん、わたしの正気を疑うような、猜疑心《さいぎしん》に満ちた眼つきになった。

「事情が入り組んでいて、説明がとっちらかりそうだから、ここでずばり、核心を暴露しておくね。土曜日に時広が猪狩さんていうフィアンセをみんなに紹介するつもりだと信じ込んでいたのはモトくん、あなたと、そしてモモちゃんのふたりだけなの」

モトくん、口を半開きにして茫然《ぼうぜん》。

「あとのみんな、正広くんも金栗さんも、みらちゃんも、そしてこのわたしも全員、それが嘘であることをちゃんと知っていた。知った上で、時広のお芝居に協力していた、というわけ」

「お芝居って、なんの？　時広叔父さんはいったい……」

「やりたいことがあったのよ」

「なにをやりたかったんです」

「それは予知夢の前半パートの内容を、おさらいしてみれば判る」

「前半パートを？」

「金栗さんを連れて別荘へ到着した正広くんは先ず、なにをしたか。見せたいものがあるからと言葉巧《たく》みにモモちゃんとあなたを、時広のいわゆる秘密の隠れ処へと連れていった。そして知人の私有地で金栗さんに車の運転の練習をさせてくるという口実で走り去り、モモちゃんとあなたを隠れ処で、ふたりきりにした」

わたしがひとこと発するたびにモトくん、先生の言いつけを復唱しようとする幼稚園児さながら、何度も相槌《あいづち》を打つ。

「時間を置いて正広くんは、隠れ処の固定電話で一方的にモトくんに、こう告《つ》げる。緊急事態で迎えにゆけなくなった、と。はい。これで、いっちょう上がり。時広から命じられていた正広くんと金栗さんのミッションは完了、ってわけ」

モトくん、まだぴんとこないのか、なんだか不満げに首を傾げる。

「どうして迎えにゆけなくなったのか、正広くんが具体的にどういう言い訳を用意していたのか、わたしは知らない。けれど車の故障とかではないでしょうね。自分の車が使えなくても、じゃあわたしのワゴンで迎えにきてくればいいじゃん、って話になりかねないし。おそらく車の運転の練習中に金栗さんがハンドル操作を誤って車体をどこかにぶつけ、その衝撃でむちうちになってしまったので、これから病院へ急行しなきゃいけないとか。そんなストーリーじゃないかな」

「でもそれでは、正広がだめなら代わりに叔母さんが迎えにきてください、という流れになるでしょ」

「その選択肢は真っ先に潰《つぶ》されているの。ほら、わたしは別荘へ到着するなり、飲み始めたでしょ。料理の準備をしながら」

「あ」

「予備として、隠れ処への道順が判らないという言い訳も用意していたけれど、飲酒運転はできない、というのがいちばん確実。だからさっさと飲みだした」

「時広叔父さんは？　猪狩さんを〈ホテル・トコヨ〉へ迎えにゆくという話は嘘だったにせよ、時間を置いて叔父さん、別荘へ戻ってきたはずですよね。予知夢の後半パートでもちゃんと、自室で発見される遺体として登場しているんだし」

「これも想像だけど、モモちゃんとあなたをうまく隠れ処に置き去りにしたと正広くんから連絡を受けるなり、時広は別荘へ取って返したんでしょうね。実際に〈ホテル・トコヨ〉まで行く必要はないんだから、あるいはもっと近い場所で待機していたかもしれない。そして別荘へ戻るなり、なにか一杯ひっかけて、もう今日は運転できません、という体裁《ていさい》を整える」

ハイボールのグラスをゆっくり傾け、わたしは間をとった。

「こうしてモモちゃんとあなたを、外部からいっさい干渉《かんしょう》されない隔絶状況のなか、ふたりきりでひと晩、過ごさせるお膳立てが整った、というわけ」

モトくん、ぽかんとしている。ほとんど虚脱状態。

「正広くんからの電話の途中であなたの予知夢の前半パートは終了したけど、もう少し続いていたとしたら、彼はこう締め括《くく》っていたはず。そういうわけで誰もそちらへは迎えにゆけない、明日の朝にはなんとかするから、もうしわけないけど素央とジューテツのふたりは今夜はそちらの家のほうで泊まってくれ、なに、心配ない、一泊するだけならなんの不自由もないから、ってね」

「じゃあ冷蔵庫に、あれほどのストックが準備されていたのは……」

「隠れ処にはアルコール飲料や食材その他、コスメなどの生活用品もちゃんと揃《そろ》えてあった。モモちゃんはそれらを、時広が翌日、猪狩さんというひとと泊まるための準備だと言ったそうだけど、ちがう。あれはすべてモモちゃんとモトくん、あなたたちふたりのためのセッティングだった」

「なんのために……なんのためにそんな、めんどうなことを？」

ようやく笑《え》みを浮かべたモトくんだが、その表情は心なしか寂しげだ。

「すべて時広叔父さん主導だった、そういう理解でいいんですか」

「ええ」

「なにを考えていたんだろ」

「ゆるしてあげて。価値観も考え方も、とことん昭和の男なのよ、時広は。いくら継父《けいふ》とその娘という間柄とはいえ、互いに想い合っているのなら、むずかしいことは忘れて、さっさと男女の関係になればいいじゃないか、と」

モトくん、ちょっと傷ついたかのような苦笑い。

「そういう単細胞的な発想しかできない男なの、わたしの兄は。しょせんこの世は男と女で出来ている、みたいな。まあ、よけいなお世話よね、ほんとに」

これだけ聞くと、あるいは久志本時広という人間に対して、人情系ホームドラマなどによく登場する「若者たちが織り成す恋模様の行方に一喜一憂する、ちょっとおせっかい焼きなご近所の好々爺《こうこうや》」みたいなイメージを抱くひとたちもいるかもしれない。

しかし実情はそれほど、ほのぼの系ではない。もっとシンプルだ。時広にとっては男が女装したり、男女問わず同性同士で愛し合ったりすることは端的《たんてき》にこの世界の秩序の乱れしか意味しない。

それが赤の他人の事情ならば放っておくが、身近で起こっている「乱れ」は自らの手で「是正」しなければならない……要するに、そういう独善的発想なのだ。

苦々《にがにが》しい気持ちでハイボールを飲み干し、わたしは立ち上がった。

モトくんのグラスはまだ半分も減っていない。自分の分だけ、おかわりをつくる。

「こんな猿芝居、ほんとうは協力するつもりはなかった。一旦は断ったの、時広から計画を打ち明けられたとき。古臭い価値観の押しつけにもほどがある、と。そもそも民法では、たとえ義理の関係であっても父娘は結婚できない、と定められている。そのことを知らないのか、それとも知っていてなお、とにかく一線は越えさせろって発想なのか。判らないけど、モモちゃんもモトくんも、いいおとななんだから。なるようになる、ていうか、なるようにしかならない。外野が変な茶々を入れるべきじゃない、って。でも、結局……」

「結局、叔母さんも時広叔父さんのお芝居に協力した。予知夢のなかでの話だけど……なぜ気が変わったんです？」

「わたしも兄のこと、とやかく言えない。これまたほんとによけいなお世話なんだけど。ずーっとモモちゃんのことが心配で」

「なにが、それほど……」

「不自然なのよ、要するに、あなたとの距離感が。お店での、ざっくばらんな接客ぶりを見ていると、彼女とあなたとの仲は一見、良好に思える。けれど、それ以外のプライベートでのコンタクトがいっさいない、という落差があまりにも不自然」

テーブルへ戻る前にハイボールを飲み干してしまったわたしは、さらにもう一杯、つくる。

「別に、いっしょに暮らしたりする必要はないし、家族でも何ヶ月も顔を合わせないケースだってそれほどめずらしくないかもしれない。けれど、ちがう。ちがうのよ。モモちゃんとあなたは互いに変な遠慮をし合って、関係性がひどく、いびつになっている。ひとことで言って健全じゃないのよ」

なにか言いかけたモトくんをわたしは掌《てのひら》を掲《かか》げ、押し留めた。

「誤解しないで。わたしはモモちゃんとあなたが男女の関係になればいい、なんて考えているわけじゃない。ただ、一個の人格対人格として、正常なコミュニケーションをとれるようになってもらいたい。そのためには、あなたたちふたりは一度、じっくり話し合う必要がある。外部からの邪魔が入らない環境で、ね」

「……そう判断して叔母さんは、一旦は断った時広叔父さんのお芝居に協力することにした、というわけですか」

「引き受ける代わりに、わたしは時広に条件を突きつけた。もしもこの計画を実行するつもりなら中途半端は厳禁、もっと徹底的にやらないとだめ、ふたりが外部と接触しようとしても絶対にできない状況をつくりなさい、と」

「まさかとは思うけど、あの隠れ処、そのために建設したんじゃないでしょうね」

「むりにボケなくてもよろしい。もちろんちがう。隠れ処でひと晩、過ごさせるとしても、ふたりがスマホとか持ち込んだら意味ない。少なくとも、わたしが期待する効果は半減する。だからモモちゃんとモトくん、それぞれのスマホを持ち込めない状況をつくろう、と。そう提案した」

「そんなこと、どうやって。まあたしかに、ぼくは自宅に忘れてきたけど」

「ちがうよ」

「え？」

「忘れてきたんじゃなくて、みらちゃんが隠したの、あなたのスマホを。多分、道の駅でのトイレ休憩の隙に」

何度も眼を瞬《しばた》くモトくん。

「その後、車中でＬＩＮＥのものとおぼしき着信音が聞こえた。ショルダーバッグに入れている自分のスマホかなとモトくんは思ったけど、みらちゃんの、自分のだ、のひとことで納得。でもそれは、ほんとにあなたのスマホだった。ただしその時点で、それはモトくんのショルダーバッグではなく、みらちゃんの荷物のほうへ移動していた、ってわけ」

「全然、気づかなかった……」

「みらちゃんとしては別荘へ着くまで、モトくんにショルダーバッグの中味を見て欲しくなかった。もしも、たしかに持ってきているはずのスマホが見当たらない、となったら、道の駅で落としてきたかもしれないとか最悪、自宅へ取りに引き返すなんて言い出すかもしれない。それを防ぐために、みらちゃんは〈ホテル・トコヨ〉でのランチの代金は自分が支払う、と申し出た」

「なるほど」

モトくん、素直に感心する余裕が出てきたみたい。

「もしもぼくが、財布を取り出そうとショルダーバッグのなかを探ったりしたら、スマホが消えていることに気づくかもしれないから、か」

「みらちゃんなりの工夫をした。そしてそれは、たまたまだったかもしれないけど、うまくいった。ほんとに、たまたま。モトくんが道の駅へ着くまでのあいだにスマホを使おうとしたりはしなかったお蔭《かげ》で」

「すると桃香のスマホを隠すのは、叔母さんの役割だったんですか」

「ご明察。わたしの場合は、出発する前。ワゴンに食材を積み込むのをモモちゃんに手伝ってもらっている隙に」

「チームプレイだったんですね。でも、揚《あ》げ足をとるようだけど、時広叔父さんの隠れ処には固定電話があった。これでは、外部との接触が完全に遮断された状況とは言えないんじゃないですか、厳密には」

「たしかに。でもその電話って外からの連絡には使えても、モトくんたちのほうからは厳しい。なぜなら、登録している表示をタップするだけの操作に慣れている身として考えてみてごらん。例えばわたしのケータイの番号、憶《おぼ》えてる？　それを固定電話に数字をひとつずつプッシュできる？」

「自信ないですね、言われてみれば。こちらから誰かのスマホに連絡しようとしてもどうにも。あ。でも正広が、緊急事態で迎えにゆけなくなったと伝えてきた履歴は残っているんだから。正広のスマホには折り返し電話ができますね」

わたしが首を横に振ってみせると、モトくんは両掌で顔を覆《おお》った。

「そうか。だめだ。たとえ桃香かぼくが隠れ処から電話したとしても、正広は無視するだけの話だから」

「そういうこと。でも、実際の土曜日には正広くん、秘密の隠れ処には誰も連れていかなかった。あたりまえよね。モトくんがパーティーをキャンセルして、別荘へは来ていないんだから」

「桃香ひとりを隠れ処へ連れていったところで、なんの意味もない」

「まさしくそういうことでございます。こうして土曜日のお披露目パーティーはつつがなく、なんの事件も起こらないまま平穏無事に終わった。ね。こう考えてゆくと、モトくんが別荘行きを取り止めたからこそ、あの殺戮《さつりく》劇は、無かったことになってくれたんだ、ということがよく判るでしょ」

頷いては首を傾げ、首を傾げてはまた頷きをくり返すモトくん。

「逆に言うと、それはまるで……」

「うん」

「まるで、桃香とぼくがあの隠れ処に置き去りにされたからこそ、予知夢の後半パートの惨劇が引き起こされた……みたいにも聞こえますけど」

「まさしく、その状況こそがあの惨劇を誘発してしまったんだと思う。だって実際の土曜日には、モモちゃんは時広の嘘を知らなかったんだから」

とっさにはわたしの言わんとするところを理解できなかったらしい。モトくん、なんとも胡乱《うろん》な表情。

「決して前言を翻《ひるがえ》すわけじゃないけれど、それに反して予知夢のなかでのモモちゃんは知っていた、時広のお芝居のことを」

「どうして、というか、どういうことです、いったい」

「お芝居の協力者たちのうちの誰かが事前に、こっそりモモちゃんに洩らしていたんでしょうね。隠れ処が実は、別荘からさほど離れていないという事実も含めて」

「さほど離れていない？」

「車で三十分以上かかったと言ったけど、それは正広くんが、わざと複雑なルートばかりを選んで遠回りをしたから。あの隠れ処、ほんとうは別荘から徒歩五分もかからない距離に在る」

「まさか」

「別荘から見えるのよ、隠れ処の建物は。ただし東側の部屋と、北側の東の部屋限定だけどね。これで判ったでしょ」

「え、と。なにが」

「滞在する部屋は自分たちで適当に決めてくれと時広に言われたみらちゃんが、北側の東の部屋を選んだわけが」

「あ。なるほど。まちがってもぼくが北側の東の部屋へは入らないようにと、先回りしたわけか」

「そのとおり」

「東側の部屋は時広叔父さん専用だから、選ぶわけはない。北側の東、一室だけ潰しておけばよかったわけか」

そこでモトくん、あッと低く呻いた。

「そ、そうか。あのとき、隠れ処のテラスデッキからガラス戸越しに室内を覗き込んでいた欧米系っぽい娘《こ》はほんとうに、みらのだったんだ」

「モモちゃんとふたりきりで取り残されたモトくんがどうしているか、気になって仕方がなかったんでしょう。ちょっとした変装のつもりか、ウイッグとオーバーサイズの服を脱いで、様子を見にいった」

「ぼくは……」

両手で弄《もてあそ》ぶグラスを、じっと凝視《ぎょうし》するモトくん。

「桃香とぼくは隠れ処で、どんな話をして、夜まで過ごしたんだろう……」

「それはもう無かったことになってしまったから、永遠の謎。ただ想像をたくましくするなら、一線を踏み越えてしまった可能性はあるかも」

「どうしてそうだと……」

「予知夢の後半パートを憶い出して。モモちゃんを探して北側の西の部屋をノックしても応答がなかった、と言ったでしょ。そのとき、モトくん、もう判らなくなった、と言った。モモちゃんのこと、そして自分のことについて、これからどうしたらいいのか判らなくなった、とも」

「もう無かったことになってしまったけれど……よっぽどのいきちがいがあったのかな、桃香と」

「いきちがいどころか、互いの想いが通じ合ったんだと思うけど」

わたしは肩を竦めた。

「これも、もはや確認する術はない」

いや、その傍証なら、あるかもしれない。ふと、そう思い当たった。

予知夢のなかで、金栗さんを探す正広くんといっしょにモモちゃんの部屋の前まで赴《おもむ》いたモトくん。ノックしていたドアから手を引っ込め、訊かなくても知っているはずのわたしの部屋はどこかと正広くんに訊いたという。

これはモトくんの、モモちゃんの私的領域へ踏み込む行為への逡巡の顕《あらわ》れかと、わたしは解釈していたのだが、どうやらちがう。むしろ逆っぽい。

その時点でモトくんはすでにモモちゃんと一線を越えていたからこそ、傍らの正広くんの眼を意識するあまり、ノックして返答のないドアを開けることを躊躇したのだろう。自分たちの距離の縮まりを勘づかれたくなくて。そんな気がする。

「予知夢の後半パートは、ぼくが桃香を探して別荘の一階でうろうろしているシーンから始まる。あれは、徒歩で隠れ処を出て別荘へ向かう彼女の後を、こっそり尾《つ》けていたんですね」

「この部分もかなり想像をたくましくするしかないんだけど。あなたたちは隠れ処の寝室で一旦、眠り込んでいたんだと思う。ふたりいっしょに」

「言うところの、一線を踏み越えて……ですか」

「かもね。夜の十時前に目を覚ましたモモちゃんは、あなたを起こさないよう、そっとベッドを出て、徒歩で別荘へ向かった」

「いっぽう、ぼくはそれに気づいて。こっそり桃香の後を追っていったんですね」

「歩いて五分もかからずに別荘の裏口へ着いてモトくん、驚いたでしょうね。それだけじゃない。モモちゃんが手慣れた仕種《しぐさ》で時広をインタホンで呼び出し、オートロックを解錠してもらったものだから、もっとびっくりしたかも」

「その彼女の後から、ぼくはどうやって別荘へ入ったんでしょう?」

「ふたつ考えられる。ひとつはモモちゃんが裏口から入っていった後、閉まり切っていない扉の隙間から、しゅばばッと、すばやく飛び込んだ」

「いくらなんでも、そんなことをしたら桃香が、背後にいるぼくに気づきそうなものですけど」

「まあ五分五分かな。ふたつめの可能性は、モトくんもインタホンで時広を呼び出したのよ、モモちゃんの真似をして。そして扉を解錠してもらった」

「でもぼくは、ダイニングだけではなく時広叔父さんの部屋にもインタホンのモニターがあることを知らなかったんですよ」

「モモちゃんを招き入れた人物は、てっきりダイニングにいるものと、あなたはかんちがいしていた。なのに自分がやってみると呼び出せない。困って、いろいろパネルをいじっているうちに偶然、時広の部屋を直接呼び出すことができた。その段階でモトくんはまだ、時広がダイニングにいるものと思い込んでいたんでしょうね。それが邸内へ入ってみると、ダイニングにもリビングにも誰もいないから戸惑った」

「先に入った桃香の姿を見失っていた事実に鑑《かんが》みると、どうも二番目の説の可能性のほうが高そうです。パネル操作に手間どり、遅れて別荘に入ったぼくは、誰もいない一階のリビングでひとり困って、うろうろ。そのとき、正広が二階から降りてきて」

「隠れ処にいるはずのモトくんと鉢合わせして、正広くんもさぞ驚いたでしょう。その困惑が、なにやってんの、こんなところで、という科白として表れた」

「ぼくはぼくで、訊きたいことがやまほどあるのは、こっちのほうなんだが、と言った。あれは、歩いて五分もかからないはずの隠れ処を、どうして車で三十分以上も要する場所に在ると錯覚させたりしたのか。いったいなんのつもりだ、と正広の真意を問い質《ただ》そうとしていたんですね。金栗さんを探し回ることにかまけて、その場では、うやむやにされてしまったけど」

「モトくんが見失った後のモモちゃんは、わたしが東のお手洗いから目撃したとおり、二階の時広の部屋へ直行していた。おそらくインタホンで裏口を開けてもらったときに、これからお部屋へお邪魔いたします、と告げておいたんじゃないかしら」

「なんのために、そんな時間に時広叔父さんの部屋へ。わずか徒歩五分とはいえ、わざわざ隠れ処から脱け出してまで」

「またまた想像をたくましくするしかないけれど、ひょっとしたら時広にお礼を述《の》べるため、だったのかも」

「お礼？」

「このほど大叔父さまが仕組んでくださったお芝居のお蔭で、わたし、吹っ切れました、みたいな」

「吹っ切れた……って」

いろんな感情がいっぺんに押し寄せてきて心のなかで処理しきれなくなったのか、モトくん、逆に無表情になった。

「いわゆる、一線を踏み越えることで……ですか」

「もちろん、まったく逆の可能性もあるけどね。こんな茶番、よけいなお世話ですから、今後はいっさいご無用に願います、って。ひとこと、ちくりと」

「これも、いまとなっては知る術はありませんが」

「わたしとしては前者だったんじゃないか、と思っているけどね。お礼ではなかったかもしれないけれど、少なくとも友好的な会談だったのだろう、と」

「どうしてそう思うんです？」

「正広くんの言葉」

「は。え、えと。なんの関係があるんです、あいつと」

「モモちゃんの後から邸内へ入り込み、一階でうろうろしているモトくんに遭遇した正広くん、こう言ったそうじゃない。素央、今夜は、やけに男っぽいな、って」

「それが？」

「同時に、普段にも増して艶っぽい。すっきり爽やかな女ぶりでもある、って。どうしてそういう相反する奇妙な印象を抱いたのか、正広くんは自分でも判らなかったでしょうけれど、きっとモトくんからなにかオーラめいたものを感じ取ったんだね」

「なんですか、オーラって」

「幸福のオーラ。きっと隠れ処でモモちゃんとふたりで、いい時間の過ごし方をしたんじゃない？」

「えと。仮にそうだとして……」

「だとしたらモモちゃんだって、わざわざ時広に面会を求めてまで厭味《いやみ》を言いにゆく、なんて酔狂な真似はしなかったんじゃないかしら、と。まあこれは風が吹けば桶屋が儲かる類《たぐ》いの屁《へ》理屈かもしれないけど」

「ぼくも、無かったことになっているとはいえ、桃香が時広叔父さんには友好的に接していたんだと信じたい」

「いささか脱線したので、話をもとへ戻すけど。時広の部屋を辞したモモちゃんは、その足で今度は、みらちゃんの部屋を訪れた。その理由はもう判るでしょ」

「それこそ、あなたたちの企《たくら》みはお見通しですよとひとこと、ちくりと釘を刺しておこうとしたんですね。窓の外の景色を見せて、と。そこから、さっきまで自分たちがいた隠れ処の建物が見えているんでしょ、という皮肉を込めて」

「そ。さて。いよいよ、ここから事件の核心に入るけど」

わたしの声音や口調にさほど変化はなかったはずだと自分では思うのだが、モトくん、少し緊張気味に眼を瞠《みは》った。

「モモちゃんがみらちゃんの部屋にいるあいだに、時広の部屋を訪れた人物がいる。それが時広を殺した犯人」

わたしがあまりにも迷いなく言い切ったせいか、モトくん、少しのけぞり気味。

「そいつがモモちゃんの後で、すぐに兄の部屋に入ったのはなぜかというと、彼女に時広殺しの濡れ衣《ぎぬ》を着せてやろう、という意図があったから」

「桃香に濡れ衣を、ですって。そんなこと、どうや……あっ」

わたしは頷いた。

「犯人はモモちゃんが時広の部屋へ入るのを確認しておいてから、彼女の部屋へ忍び込む。そしてモモちゃんのあの青と黒の市松模様の手帳を持ち出し、時広を殺した後、それを遺体の傍らに置いた。あたかも殺人犯の遺留物であるかのように装《よそお》って」

「待ってください。時広叔父さんのお芝居の企みを事前に桃香に洩らしていたのは、その犯人……だったんですか？」

わたしは、これまでにないほどの勢いで大きく頷いた。

「他にあり得ない」

「内幕を知った桃香は、きっと時広叔父さんの部屋へ押しかけるはず……犯人はそう予測していたと言うんですか？」

「それは五分五分。さっきわたし、さらっと言い放っちゃったけど、モトくん、あれ、それっておかしくないか、とか全然、引っかからなかった？」

「どれのことです」

「モモちゃんが時広の部屋へ入るのを確認した犯人は、先ず彼女の部屋へ忍び込んだと。わたし、そう言ったでしょ」

「はい？」

「そして犯人はモモちゃんの手帳を持ち出した、と。でもね、ここでよく考えてみてちょうだい。もしもモモちゃんが自分の部屋のドアに鍵を掛けていたとしたら、どうなっていたと思う？」

「犯人は……犯人は桃香が部屋に鍵を掛けないだろうと予測していた。って、そんなわけはないか」

「もちろん、そんなわけはない」

「じゃあ、もしも桃香が自分の部屋に鍵を掛けていたとしたら、犯人はどうするつもりだったんでしょう？」

「なにもしない」

「は？」

「なにもよけいなことはせず、ただ自分の部屋へ引っ込むだけ。今回の別荘滞在中に時広の命を奪うのは諦めて、また次の機会を窺う。それだけの話」

「どうもよく判りません。いったいなにをしたいんですか、犯人は」

「犯人は、いずれ時広を殺すつもりだった。でもそれは、いつ実行してもかまわないわけではない。自分の代わりに罪を被ってくれる人物を用意しないといけない。すなわちモモちゃんに濡れ衣を着せられる状況でないと駄目だったってわけ」

「どうして特に桃香に……あッ」

モトくんの顔が苦悶《くもん》に歪《ゆが》む。

「まさか……」

「母親の果緒さんが轟木克巳に殺されてしまったのは、時広がうっかり彼女の個人情報を洩らしてしまったのが一因で、モモちゃんがそのことで大叔父のことを深く怨《うら》んでいてもおかしくない。少なくとも時広が何者かに殺害されたとなれば、疑いの目は真っ先にモモちゃんへと向く。犯人はそう当て込んでいたんでしょう」

「だとしても、隠れ処を出た桃香が確実に時広叔父さんの部屋へ赴く、とは予測できなかったのでは？」

「もちろん。仮に予測できたとしても、それが何時何分のことになるかなんて、判りっこない。さっきも言った、犯人にはモモちゃんの部屋のドアに鍵が掛かっていないなんてことを予測できなかった、という話とまったく同じ」

「でも予測できないと、桃香に罪を被せる工作のための待機もできない……という理屈になるじゃないですか」

「大局的に考えてみて。これはある種の、プロバビリティ、すなわち蓋然性《がいぜん》の犯罪なの」

「蓋然性？」

「犯人にしてみれば、時広のお芝居の計画を知ったモモちゃんがそれに対する、なんらかの感情的なリアクションを起こすかもしれないという期待があった。だからこそ、こっそり彼女にリークして、一種の罠《わな》を仕掛けたわけよ。でもね、同時に犯人は、なにがなんでも土曜日の別荘で時広を殺さなければならないわけでもなかった」

わたしを見るモトくんの眼に、なにやら畏怖《いふ》めいた色が浮かんでいる。

「犯人は餌を撒いてみて、ターゲットがそれに喰いつけば、自分も行動を起こす。だけど喰いつかなければ、自分はなにもしない。また別の機会を窺い、別の餌を撒く。それだけの話なのよ、これは」

「なるほど。だから蓋然性の犯罪、か」

「ほんとに、たまたまだったんでしょうね、時広の部屋を訪れるモモちゃんの姿を犯人が目撃できたのは」

「桃香が隠れ処から別荘へ舞い戻ってくるのが何時何分のことになるか判らないから、待ち受けのしようもないわけですものね」

「自分の幸運に舞い上がったでしょうね、犯人は。これこそ千載一遇《せんざいいちぐう》のチャンスとばかりに、モモちゃんの部屋へ忍び込む。これまた犯人にとってラッキーなことに、彼女の部屋のドアには鍵が掛かっていなかった」

「犯人は最初から、桃香の手帳を持ち出すつもりだったんでしょうか」

「時広の殺害現場に殺人犯の遺留物として放置する予定のものだから。モモちゃんの所有であると特定できる私物なら、なんでもよかったでしょう。重ねてラッキーなことに、モモちゃんがいつもお店でオーダーを記録している手帳という、これ以上ないくらい、うってつけのアイテムがゲットできた」

「特徴的ですものね、あの手帳。桃香がいつも使っているものだと知っているお客さんも数多いだろうし」

「手帳を持ち出した犯人は、モモちゃんがみらちゃんの部屋へ行っている隙に、時広の部屋へ侵入。そして彼を殺害した。なにかで頭部を殴打して抵抗力を奪った上で、部屋のカーテンのタッセルで首を絞めて」

「そういえば叔母さん、ぼくがちょっと気になっていたのは、二階での犯行はすべて絞殺ですよね。時広叔父さん、桃香、そして金栗さん。凶器はいずれもタッセルで、おそらくは現場となった各部屋に備え付けのものと思われる」

「ええ、多分」

「いっぽう階下に舞台を移してからは、いきなり包丁に様変わり。いまの叔母さんの話では、みらのもタッセルで絞殺されていたようだけど。正広とぼくは包丁で刺殺され、叔母さんも危ないところだった、なんて。なんだか違和感を覚えるというか、これってほんとに同一犯なのかという疑いすら……」

「そのアンバランスさにもちゃんと理由があるんだけど、その説明はまた後で。時広を殺した犯人は、すぐにその場を立ち去り、知らん顔を決め込む予定だった。そのまま無事に自分の部屋へ戻れていれば、被害者は時広、ひとりだけで済んでいたはず」

「犯人の標的は本来、時広叔父さん、ただひとりだったと言うんですか。なのに、なにがどうなって、あんな大量殺戮劇になってしまったんだ」

「それまでラッキー続きだった犯人にとっての大誤算は、時広を殺して部屋を出てきたところで、ちょうどそのとき、みらちゃんの部屋から出てきたモモちゃんと鉢合わせしてしまったこと」

「そうか……もしもその事態を放置していたら、後で時広叔父さんの遺体が発見されたとき、桃香の証言によってその犯人は真っ先に犯行を疑われることになる」

「モモちゃんの口を封じなければ、と焦《あせ》った犯人は言葉巧みに彼女を、モトくんの部屋へ誘い込んだ」

「どういう口実で？」

「ごめん。それはまったく想像がつかない。けれど犯人は、あわよくばモモちゃん殺害の罪をモトくんに、なすりつけようとしたんじゃないかな」

「あ……だから桃香を、なんとかぼくの部屋へ連れ込んだ」

「さっきも議論になったとおり、モモちゃんとモトくん、ふたりの関係性に微妙な歪みがあることは周知の事実だったから」

モトくん、ひょっとしたら胸中は複雑なのかもしれないが、少なくとも表面上は冷静に頷く。

「なにか感情的ないきちがいの拍子に、ぼくが桃香を殺害するに至ることだって充分にあり得るだろう……というわけか」

「ええ。ざっとそういうベタな、痴情のもつれの末、みたいな筋書きを思い描いたんでしょうね、犯人は」

「桃香の遺体をなぜみらのが、ぼくの部屋で発見することになったのかが、ようやく判りました。その前にぼくが桃香を探しに、みらのの部屋を訪れたから、だったんだ」

「隠れ処にいるはずのモモちゃんが、そしてモトくんが立て続けに自分の部屋へやってきた。みらちゃんにしてみれば、あ、これは朝を待たずにお芝居は終了しちゃったんだな、と」

「みらのならずとも、そう考える」

「となれば、もうこれ以上、モトくんのスマホを隠し持っている必要もない。そっとドアの隙間から覗くとモトくんは、ダイニングで独り飲みしているわたしに合流すべく一階へ降りてゆくところだった」

「その隙に、こっそりスマホをぼくの部屋へ戻しておこうとしたのか」

「ドアに鍵が掛かっていたら朝にしようと思っていたんでしょうね。でも鍵は掛かってはおらず。モトくんの部屋へ忍び込んだみらちゃん、そこでモモちゃんの遺体を発見し、悲鳴を上げた。パニックになって部屋から飛び出す直前、モトくんのスマホをその場に取り落とした」

「あれはほんとうに、ぼくのスマホだったんだ。錯覚なんかじゃなくて」

「錯覚したのは犯人のほう」

「え？」

「錯覚というか、誤解したんだ」

「なにを、です」

「さっきも言ったように、犯人はなぜわざわざあなたの部屋へモモちゃんを誘い込んで殺したのかというと、あわよくばモトくんに罪を被せられるように、という思惑があったたから。つまり、モモちゃんの遺体はモトくんが発見することになるだろう、と。犯人はそう予測していたはず」

「それは当然、そうでしょうね」

「もしも犯人の予測通りに、つまりモトくんがモモちゃんの遺体を発見していたならば、犯行もまた、そこで打ち止めになっていたでしょう」

「そうか。そのとおりですね。もともと犯人の狙いは時広叔父さんひとりだった。桃香を殺害したのは口封じのためで、まったく予定外の行動だったんだから」

「ところが豈《あに》はからんや、犯行はこの後も続いた。それは犯人が、ある誤解をしてしまったから」

「その誤解の原因は、桃香の遺体をぼくではなく、みらのが発見したことだった……んですか、もしかして？」

「そのとおり。犯人はこう考えた。なぜみらちゃんはわざわざモトくんの部屋へ行ったりしたのか？　なにか用事があったのかもしれないけれど、ひょっとしたらそれは、自分がモモちゃんをモトくんの部屋へ誘い込むところを、どこからか目撃していたからではないか……と」

「犯人はそう誤解してしまった。もしもみらのに見られていたら、その証言から自分の犯行が暴露されるかもしれない、と」

「確信は持てなかったかもしれないけれど、犯人はリスクを冒《おか》したくなかった。もうこうなったら、みらちゃんの口も封じるしかない。少々自棄《やけ》気味というか、毒を喰らわば皿までの心境だったのかも」

一旦、手に取ったグラスをわたしはテーブル上のコースターへ戻した。喋り続けで喉が渇くが、ちょっと飲み過ぎだ。

「犯人はかなり焦っていたはず。わたし、その場ではまったく気がついていなかったんだけど。いまモトくんと予知夢の内容の答え合わせをしていて、あッと思った」

「え。なんです」

「このひと、この段階で、犯人は自分でございますと、わたしたちの前で告白しているも同然じゃない、って。そういうシーンがあったの」

「ど、どのシーンのことですか、それ？　その段階って、そこにぼくも居合わせていましたか？」

「もちろん、モトくんもその耳で、しっかり聞いている。犯人でなければ絶対に口にしないはずの、その人物の科白を」

「犯人でなければ口にしない……つまり、犯人しか知り得ないようなことをなにか、その人物は口走った？　そういうことですか、叔母さん」

頷いた拍子に、わたしはハイボ[illegible]。結局、飲んじゃうな。

「それって、桃香の遺体が発見される前ですか、それとも後ですか」

「後。そして正広くんが警察に通報するべく、スマホを置いている自室へと戻る直前。さあ、ここまで言えば判るでしょ。なんて。わたしもついさっき気づいたんだから、あんまり大きな顔もできないんだけど」

「正広が通報しにゆく直前……」

しばし考え込んでいたモトくん、はッと顔を上げた。

「……金栗さん？」

わたしは頷く。

あのとき金栗さんは（とにかく通報）と正広くんを急《せ》かした。

そして（なんでおれが。現場も見ていないのに）と反論する彼にこう答えたのである。

（先方に住所や道順を正確に指示できるひとが通報しないと、意味ないでしょ）と。

「たしかに……たしかに正広が通報すること自体はなんら不自然じゃない。けれども本来なら……」

「そう。本来なら別荘の持ち主である時広の役目よね。通報云々《うんぬん》は別にしても、モモちゃんの遺体が発見された時点で即座に、東側の部屋へ時広を叩き起こしに行かなきゃいけない。そんなこと、部外者にだって判る道理。ましてやその時広の義理の娘になろうっていう金栗さんなんだから。でもあのとき、彼女の口からは時広の、との字も出なかった。不思議でしょ？　まるで……」

「金栗さんはまるで、時広叔父さんがとっくに死んでいることを、すでに知っていたかのようだ」

「まさしく。わたしが東側の部屋で兄の遺体の第一発見者になるのは、その後のことだっていうのに、ね」

わたしが新しいハイボールをふたり分つくるあいだ、気まずい沈黙が下りた。

「犯人は金栗さん……なんですか」

「残念ながら」

「動機は、なんなんでしょう」

「オーソドックスの極みだけど、財産目当てってところじゃないかな。婚約者と言いながらも実は、すでに正広くんとは入籍済みだったという事実がここでボディブローのように効いてくる、って寸法」

「時広叔父さんの財産はいずれ正広のものになる。正広の財産は、いずれは自分のもの、というわけですか」

「我ながら嫌あな想像だけど、彼女、もしかしたら将来的に正広くんも手にかけるつもりだったのかも」

「するとあのとき、つまり一階へみんなで避難しようと正広が自分の部屋へ駈け込んだとき、金栗さんは、ほんとうは死んでいなかった……ということですか」

「自分も首を絞められ、殺されたふりをしていただけ」

「なんとも大胆不敵な。正広、叔母さんだけでなく、他のみんなも続けて部屋へ入ってきて、まだ生きている、と誰かに気づかれるリスクもあったのに」

「だからこそ彼女、半裸姿だったのよ。下半身と乳房を露出させて。正広くん以外の人間が直接、触れて身体を検《あらた》めることを躊躇《ためら》うようにするのが目的だった」

「なるほど」

「加えて正広くんが、どうか見ないでやってくれと涙ながらに懇願すれば完璧。まずバレる心配はなかった」

「正広はどうして、そんなにあっさりと騙《だま》されてしまったんだろ。金栗さんが生きていることに気づかなかったのかな」

「もちろん知っていたのよ」

「えッ」

「正広くんは金栗さんがほんとうは殺されていなくて、死体のふりをしているだけだと、ちゃんと知っていた。知った上で彼女のお芝居に協力していたんだ」

「なぜ……正広はどうしてそんなお芝居に協力なんかしたんだ。まさか、彼女が時広叔父さんと桃香を殺した犯人だと知った上で、とはとても思えないんだけど……」

「正広くんはお父さんが殺されたことを知らなかっただろうし、モモちゃんが何者かに殺害されたというのも嘘だと思い込んでいたはずよ」

「嘘？　う、嘘って、なんであいつ、そんなとんでもない……」

「もちろん金栗さんが、正広くんにそう吹き込んだから。言葉巧みに」

「いくらあいつが時広叔父さんに似ておひと好しとはいえ、そんなにうまく言いくるめられるものでしょうか」

「よっぽど巧妙にやったのね。桃香さんは殺されてなんかいない、これは彼女と素央さん主導でみんなグルになり、まさピーとあたしに、いっぱい喰わせるために仕掛けたお芝居なのよ……ってな具合に」

「それを正広はまるまる、鵜《う》呑みにしたと言うんですか？　そんなまさか、いくらなんでも……」

「そのつくり話に一定の信憑性《しんぴょう》性を付与する素地がちゃんとあったものだから、金栗さんはそれに助けられた、という側面もあったんでしょうね」

「信憑性を付与する素地？」

「正広くんが金栗さんと、いったいなにをやっていたか、考えてみて」

「あ。そうか。正広自身、時広叔父さん主導のお芝居に協力して、桃香とぼくを担《かつ》いでいたわけで……」

「言わば脛《すね》に傷を持つ身の正広くんとしては、モモちゃんとモトくん側がそのことで自分たちに、ささやかな意趣《いしゅ》返しを図ろうとしている……そんなふうに説明されたら充分、説得力を感じたでしょうよ」

「ひょっとしたら、桃香とぼくはその意趣返しのためにわざわざ、朝を待たずに隠れ処から別荘へやってきたんだ、と。正広はそう思ったのかもしれませんね」

「まずまちがいなく。そう正広くんに信じ込ませたらもう、あとは金栗さんの思う壺《つぼ》。朝を待たず夜のうちに別荘のほうへやってきたということは、桃香さんと素央さん、さぞやとびっきりのシナリオを用意しているんだろうから、まさピーもこの際、野暮なツッコミなんか入れずに、おふたりの稚気《ちき》溢れる企みに乗っかってあげるのがおとなの対応ってものよ、って」

「で、金栗さんは自ら、死体の役目を買って出た？」

「あちらのシナリオにただ乗っかるだけじゃなくて、こちらからもちょっとしたカウンターパンチを入れておきましょ、とでも提案したんじゃないかしら、金栗さん。あたしも殺されたふりをして一旦退場しておくから、まさピーはカノジョを失った男の悲嘆ぶりをしっかり演じつつ、腹のなかでは素央さんたちの反応を楽しんできてね、と。まあそんな具合に正広くん、すっかり丸め込まれてしまった」

「仮にそうだったのだとしたら正広のやつ、迫真の演技でしたね。皮肉ではなく、役者を

「正広くんが金栗さんの大嘘を鵜呑みにしてしまった要因が、もうひとつ。それはモトくんが彼に、モモちゃんの遺体を見せるのを頑なに拒んだこと。なんといっても、あれがいちばん大きかった」

「ああ……なるほど」

「それは同時に、正広くんの迫真の演技にもひと役、買った。モモちゃんの遺体を絶対ひとめに曝したくなかったモトくんとしては、金栗さんの遺体をみんなの視線から隠そうとする正広くんの心情は痛いほどよく理解できたから。あれほど泣いて拒んでいるのに、むりやり彼女の身体を検めようなんて、モトくんに限らず、誰も思わない」

「たしかに」

「こうして正広くんは金栗さんの口車に乗って、わたしたちを騙した。言葉は悪いけど、いささか悪のりしていたのかもね。彼は最後まで、モモちゃんは生きていて、二階の部屋のどこかで息をひそめていると思い込んでいたはず」

「すると、正広が警察に通報したぞ、と言ったのも当然……」

「嘘に決まっている。殺人事件なんかほんとは起こっていないと思い込んでいるひとが、警察を呼ぶわけはない。当然、時広だって生きていて、お芝居に協力しているんだと思い込んでいたでしょう。つまり正広くんにとっては父親もそして叔母も、相手チームの一員としてこのゲームに参加している、という認識だった。この対戦構図もまた正広くんを悪ノリさせてしまった一因かもね。父親も含めた全員がグルになって騙しにかかってくるこの状況下で、自分の味方は金栗さんだけだという、彼女との一体感に高揚《こうよう》していた。そのハイテンションこそが、言うところの迫真の演技の源《みなもと》だったんじゃないかしら」

「警察の到着を待つという名目で、ぼくたち四人は一階でひとかたまりで行動することにしましたよね。でも救いの手を待ちわびていたのはぼくたち三人だけ。正広は、警察なんか来ないことを承知していた」

「もちろん」

「もしもあのシーンもすべてお芝居だったのだとしたら正広は結局、どういうかたちであの場を収めるつもりだったんでしょう？　拡げに拡げ切ってしまった風呂敷を、いったいどんなふうに畳むつもりだったんでしょう？」

「それは、その後になにが起こったかを考えてみれば、一目瞭然《いちもくりょうぜん》」

「なにが起こったか、って。包丁を持った襲撃者がいきなり、どこからともなく現れて、正広が刺された……え。待ってください、叔母さん。黒ずくめの襲撃者に正広は首を刺されて盛大に出血していたけど、まさか、あれもお芝居だった……なんて言うんじゃないでしょうね？」

「いいえ。あれは正真正銘、本物。いちばん驚いたのは正広くんでしょ。なにしろサスペンスホラーそこのけのサイコキラー・ドラマのお芝居をしているだけのつもりだったのが、ほんとうに刺されちゃったんだもの。しかも信頼していた共演者に、あっさり裏切られて」

「共演者……つまり、あの黒ずくめの襲撃者は金栗さんだったんですか？」

「もちろん」

「別人という可能性は」

「ゼロ。金栗さんは死んだふりして、正広くんと室内に籠《こ》もっているあいだ、彼にいろいろ指示したんだと思う。これからどうするかという、言わば演技プランを」

「そんな時間的余裕、ありましたっけ、あのとき」

「至ってシンプルなプランよ。金栗さんは正広くんにこう指示した。これから一階の戸締まりを必ず四人ひとかたまりになって、チェックしていって。四人の死角を衝いて、あたしはこっそり階段を降りて、一階の女性用お手洗いに隠れる。そしてキッチンの勝手口だけはまさピーがうまく、鍵が掛かっているふりをして、ロックを外しておいてね、と。ざっと、これだけ」

「これだけ、で？」

「そう。これで充分、金栗さんがなにを企んでいるか、正広くんには伝わる」

「ええと。ひとかたまりで邸内を移動するぼくらの死角の隙を衝いて二階から降りてきて、一階の女性用トイレに隠れた金栗さんは一旦、窓から外へ出る。そして建物の裏から回り込んでキッチンの勝手口から侵入してきて……」

「ど派手に、わたしたちを驚かす、と。そういう趣向」

「つまり、彼女は二階で死んでいると、すっかり思い込んでいるぼくたちの前に、いきなりその金栗さんが登場して……」

「じゃーん、アタシ生きてます、びっくりした？　どっきりカメラでしたあ、みたいなノリでね。少なくとも正広くんはそんなふうにみんなの大爆笑で、拡げに拡げ切った狂言の風呂敷を畳んでみせるつもりだった」

「正広は自分が、ほんとうに殺されることになるなんて、夢にも思っていなかったんですね。しかも……しかも他ならぬ、金栗さんによって」

「キッチンの勝手口の鍵を開けておけという指示にも、侵入経路確保とは別に、ちゃんと意味があった」

「凶器である包丁を調達するため……だったのか」

「モトくんが言っていた密室問題の真相がこれよ。内部に正広くんという、協力者が金栗さんにはいたんだから。判ってみれば、謎でもなんでもない」

ふとモトくん、なにやら自嘲《じちょう》的な笑みを浮かべた。

「どうしたの？」

「ちょっと変な気分になりまして。ほら、叔母さんもぼくも、ずっと犯人のことを金栗さん、金栗さんて呼び続けていますよね。残虐なサイコキラーの話をしているっていうのに。未だに、さん付けが抜けない」

「起こるはずだったのに結局、起こらなかった事件の話だからね。少なくともわたしは、いきなり金栗恵麻と呼び捨てにしちゃうのも抵抗がある。ちょっぴりだけど」

「……金栗さんが正広まで殺してしまったのは、どうせ将来的にはいつか手にかける心づもりなんだから、この際ついでに、とでも思ったからでしょうか」

「そういう気持ちも、なくはなかったでしょうけど。あのときの金栗さんは、なにを措いても一刻も早く、モモちゃん殺しの目撃者かもしれないみらちゃんの口封じをしなければ、と必死だったはず」

「で、とりあえずぼくたちの隙を衝いて、一階の女性用トイレに隠れたわけですか。でも……」

「そう。はたして、みらちゃんはトイレへ入ってきてくれるのか、入ってくるとしても、それはいつなのか。なんの予測もできない。だいたいみらちゃんじゃなくて、このわたしが、のこのこ用を足しにくるかもしれないわけだし」

「そのときは彼女、叔母さんも殺してしまうつもりだったんでしょうか」

「どうだろう。あるいは、ひとちがいのときは個室で息をひそめてやり過ごすという選択肢も頭にあったかもしれないけど。みらちゃんを殺してしまった後は、もう結局、別荘に滞在中のゲスト全員を皆殺しにするしかない、と思い詰めたんじゃないかな」

「ひとの命を奪うという行為に、すっかり道がついてしまって……」

「それもあるかもしれないけど、ざっくり言って、めんどくさくなったんだと思う」

「そんな、ことは殺人事件なのに、めんどくさくなった、って」

「だって、モモちゃん殺害劇はモトくん主導のお芝居である、なんていうお粗末な嘘は正広くんにいずれバレる。確実に」

「そうですね。時広叔父さんがほんとうに殺されていることだって、いずれは」

「すべては早晩、明るみに出る。そうなったときに金栗さんは、いったいどういうストーリーを正広くんに提供すれば、己れの無罪を担保しつつ、整合性がとれるのか？」

「なかなかの難題ですね、ちょっと考えてみただけでも。なにも思いつかない」

「だったら金栗さんの立場としては、いっそのこと残りのゲストたちも皆殺しにした上で警察に通報し、夜中に別荘へ侵入してきた謎の暴漢がすべてやったんです、と申告するほうが手っとり早い」

「自分が唯一《ゆいいつ》の生存者であると偽《いつわ》って……なるほど。めんどくさくなった、って、そういうことか」

「さっきモトくんが言ったように、二階での犯行はすべて絞殺なのに、一階へ舞台へ移してからはおおむね包丁による凶行と、ほんとうに同一犯による仕業《しわざ》なのだろうかと違和感を覚えるほど、まるで異《こと》なる様相を呈したのもそれが原因。予定外の殺人を重ねているうちに収拾《しゅうしゅう》がつかなくなった。そして手口もどんどん過激になっていった、というわけ」

ハイボールを飲み干したモトくん、憂《うれ》いに満ちた溜息をつく。

「……ぼくが別荘行きを取り止めたため、結果的に惨劇は起こらず、誰も殺されずに済んだ」

「モトくんが別荘へ来ないとなれば、時広の秘密の隠れ処を使った計画も実行されなくなる。時広の企みを事前にモモちゃんにリークしていた金栗さんも、そのプランが無効になったことを受けて、自分の行動を変えた。だから惨劇は起こらなかった」

「金栗さんは桃香に、秘密の隠れ処に関することはなにも洩らさないことにした。だから実際の土曜日に別荘へ行った桃香は、時広叔父さんが猪狩さんというフィアンセをみんなに紹介するつもりであると信じ込んでもいた。時広叔父さんが、婚約破棄されたという言い訳をする直前まで」

「モモちゃんとモトくんが隠れ処でふたりきりにされるという特殊な状況が発生しないのなら、金栗さんにとっても自分が長期的に温めているプロバビリティの犯罪計画に寄与してくれる旨味《うまみ》もまた、なにも生まれないわけだものね。だから時広主導のプランの内幕をモモちゃんには洩らさなかった。結果、あの惨劇が起こらずに済んだのは、もとをただせばモトくんが、果緒さんの著作の担当編集者から急遽呼び出されたという無茶な口実で上京し、逃げてくれたお蔭だった、というわけよ」

「プロバビリティ。蓋然性の犯罪か。ちょっとぼくなりに整理させてください」

「どうぞ」

「えーと。金栗さんは、おそらくは財産目当ての動機で常日頃から時広叔父さんを、桃香に罪を被せられるようなかたちで亡き者にできる機会を虎視眈々《こしたんたん》と窺っている。それが今回の、無かったことになった殺戮劇の全容である、と」

「そういうこと」

「金栗さんが、時広叔父さんの部屋へ入ってゆく桃香の姿を目撃したのは偶然……なんですよね」

「もちろん。彼女にとってはラッキーな偶然だった」

「それでスイッチが入って、時広叔父さん殺害に踏み切る、というのもなんだか短絡的な気がする」

「性格の問題かもね」

「もちろん、その時点で桃香の部屋のドアに鍵が掛かっていれば、そこで計画実行は断念していたんでしょうけれど」

「彼女にとってのラッキーは、そこまでだった。時広を殺した後、みらちゃんの部屋から出てきたモモちゃんと鉢合わせして、彼女の口封じをせざるを得なくなり。そして、みらちゃんにそれを目撃されたかもしれないと蒼《あお》くなって、またもや凶行を重ねるという悪循環。ある意味、喜劇的な悲劇のスパイラルに入っちゃった」

「叔母さんが、すべての謎は連動している、玉突き式だと言った意味はよく判りました。けど……」

「なんだか煮え切らないね。なにか疑問があるのなら、はっきり言って」

「偶然が重なり過ぎのような気がして。いや、叔母さんの推理が的外《まとはず》れだと言っているんじゃありません。むしろ一般的にも人生、そういう偶然の連鎖で成り立っている部分も数多いでしょうから。ただ、ひとつ気になるのは、金栗さん以外の人物が犯人だという可能性も残っているんじゃないかと」

「どうしてそう思うの。あ、そうか。なるほど。一階のピクチャアウインドウ越しに邸内を覗き込んでいたという、黒いひと影のことが気になっているんだね」

「そうなんです。あの黒いひと影は結局、誰だったんでしょう？　状況的には金栗さんとは思えない。だって叔母さんの仮説が正しいとしたら……」

「たしかに。金栗さんがそのタイミングで建物の外にいるはずはない。ちょうど二階の客室で時広とモモちゃんを手にかけている頃のはずだもの」

「もしも、あくまでも、もしも、ですが。ぼくが目撃したあの黒いひと影のほうが犯人だとしたら、金栗さんの仕業ではないという可能性も……」

「いや、それはない」

「え」

「絶対にない。なぜならわたし、この眼で見たんだから」

「なにを？」

「予知夢の後半パートの最後の最後で。モトくんを刺して、わたしに襲いかかってきた襲撃者の顔を」

「……ほんとうですか」

「前のめりに転んだ拍子に自分の腹の下に包丁を敷き込んだ犯人の顔、しっかりと見た。サングラスと血痕が飛び散った白マスクを外して」

「金栗さん……だったんですか」

わたしは頷いた。

「そもそも今夜、わたしの事件の真相の解明っぷりを聞いていて、なにか変だな、とは思わなかった？　推論を重ねるというより、なにか一定の結論ありきで検証を進めている。そんなふうには感じなかった？」

「いいえ、まったく。あ、でも、そういえば……」

わたしは立ち上がり、ハイボールを新しくふたり分つくる。

「もう判ったでしょ。モトくんは別荘行きをキャンセルしたのに、同じ予知夢を見ているわたしが実際の土曜日、敢えて常世高原へ行ったのは、これがほんとの理由」

「つまり、なにか事件が起こるとしても、犯人は金栗さんだろうから……?」

「彼女の動向にさえ注視していれば、なんとか悲劇は回避できるんじゃないか、と。そう思ったんだ」

グラスに口をつけた途端、嫌な予感。

やばい。わたしもう、ほんとに飲み過ぎ。これ以上、調子に乗っていたらなにか、取り返しのつかない失敗を犯しそう。

「実際の土曜日、パーティーが終わった後、なにが起こるかは判らなかった。さっきも言ったように、モトくんは別荘へ来なかったから、正広くんはモモちゃんを秘密の隠れ処へ連れていったりなんかはしていない。けれど金栗さんは正広くんの部屋、つまりモモちゃんの部屋のすぐ隣りに、ずっといるわけだから……」

飲み過ぎていることが判っていながら、飲むのを止められないのが酔っぱらいの酔っぱらいたる所以《ゆえん》。とはいうものの、限界に近づけば近づくほどペースが上がってしまうのはなぜなんだ。

「もしかしたら金栗さん、予知夢の内容とは異なる手法でモモちゃんにアプローチするかもしれない。いま予知夢の答え合わせをしてみて、それは杞憂《きゆう》だったと判ったけど。念のため実際の土曜日の夜、わたしはモモちゃんと同じ部屋で過ごすことにした」

「そういえば平海くんは、どの部屋に泊まったんです。やっぱり、ぼくの？」

「そ。モトくんが泊まるはずだった部屋。あとのみんなは予知夢のときと同じ割り振り。わたしも一応、荷物は南側の西に置いたものの、ディナーの後はモモちゃんの部屋に押しかけて、ずっと居座っていたってわけ」

「桃香の身辺警護のために」

「もちろん金栗さんのターゲットはあくまでも時広のほうだけど、実行に当たってはモモちゃんに罪をなすりつけるためのトラップが絶対に必要になる。だから……」

「桃香さえ見張っていれば、金栗さんはなにもできないだろう、と踏んだ」

「モモちゃんは迷惑というか、不審がっていたかもね。わたしがいつになく長っ尻《ちり》だったから。もしかしたら、なにか変な誤解をされたかもしれない」

「なんのことです」

「そろそろ彼女が眠いってなったとき、わたし今夜ここで寝ていってもいい？　って訊いたんだ。せっかくセミダブルのベッドがふたつ、あるんだし。それはいいんだけど、酔っぱらっていたせいかな、我ながらドン引きしそうなほどモモちゃんに甘えるような声音になっちゃって。悪のりついでに、同じベッドで寝させて、って。つい、ぽろっと」

「別にそれしきのことで引いたりはしないでしょ、桃香は」

「うん、しなかった。酔っぱらいをまともに相手にしても仕方がないと割り切っていたんでしょ。はいはい、いいですよ、ってモモちゃん。やさしいなあ。いっしょに寝てくれましたとさ。おしまい」

「変な誤解をされたかもって、そのことですか？」

「わたし、カミングアウトはしていないけれど、もしかしたら姉と同じ性的指向なんじゃないかと、モモちゃんも含めて、周囲は察知しているかもしれない。だからこの六十年近く、よけいな誤解を招きかねない言動は自分なりに慎んできたつもりなんだけど……土曜日だけは仕方がなかった」

グラスを傾けたが、すでに空。

「だって、もしもモモちゃんになにかがあったら、わたし……」

「叔母さん」

もしもモモちゃんが、金栗さんに限らず、誰かに殺された、なんてことになったら……おそらくわたしは、正気を保って生きてはゆけなくなる。なぜなら。

なぜならモモちゃんという、かけがえのない存在を奪われたモトくんが正気を保って生きてゆける道理なぞないからだ。そんな、考え得る限り最悪の事態に、いったい誰がまともに立ち向かえるというのか。ましてや最愛の妻を理不尽に殺されたモトくんだ。果緒さんに続いてその娘のモモちゃんまで、なんて……想像するだけでわたしは頭が変になる。

「なに」

「なぜぼくたちだけなんだろう……そう考えたことはありませんか」

「ぼくたち、って、モトくんとわたしのこと？　なぜわたしたちだけ……って、ああ、予知夢のことね。なぜわたしたちだけ、こんな特殊な能力が具《そな》わっているのか」

「時広叔父さんはどうなんだろう。この能力は具わっていないんでしょうか」

「そんな話、したことないな、兄と。もしかしたら具わっていて、黙っているだけかもしれないけど」

「母には具わっていたんじゃないか……そう思うことがあって」

「年枝に？　なぜそうだと」

「生前、幻視していたんじゃないかと思うんです……果緒さんが殺害されてしまうという未来を」

「ああ……」

年枝……唐突に、わたしは思い当たった。そうか。モトくんはそもそもお母さんのようになりたかったのだ、と。果緒さんのために。

モトくんが果緒さんの夫となったのは、彼女と年枝の関係性を裏から支える架け橋として、だった。己れに課せられたその立場と役割に徹しつつも彼は、夫婦関係の実態を伴わない妻に対するひそやかなる想いを抑《おさ》え切れなかった。だからこそ少しでも果緒さんの性愛の対象となり得るよう、自身を「改造」しようとしたのではあるまいか。

こう解釈して初めて、モトくんが趣味と称して女装を始めたのが果緒さんとの結婚とほぼ同時期だったことが合理的に説明できる……とするのは酔いの生み出す短絡的な妄想か。

ふと気づくと、わたしはモトくんの右手を両手で握りしめている。

「だから……だから、年枝は」

「ぼくを果緒さんと結婚させた。ささやかなボディガードのつもりで」

「なるほど……」

「いや、ひょっとしたらそういう期待もあったのかな、という単なる想像ですけど」

「なるほど。でも……」

「もしもそうだとしたら、ぼくは母の期待には応えられなかった。ぼくは果緒さんを守ることができなかった。あの事件のとき、叔母さんとぼくが予知できた未来は、果緒さんが何者かに殺害されたと警察から一報を受けるシーンのみで……その段階では犯人の素性すら不明で……」

果緒さんの命を奪われたモトくんの心の傷はあまりにも深い。

このわたしも含めて周囲の者たちが彼の喪失感を過少評価しがちなのは「偽装結婚」という言葉のせいもある。たとえ偽装だとは思わずとも、十七歳という年齢差を不自然、もしくは不健全と看做《みな》して、ふたりの結婚が愛情に裏打ちされていないと決めつける向きも多いだろう。

しかしモトくんは果緒さんのことを深く、深く愛していた。だからこそ。

だからこそ、彼女の忘れ形見であるモモちゃんとの関係性について、彼はこれほどまでに臆病になっているのだ。

「モトくん……」

モトくんの手を握りしめたまま、わたしは両手を自分の胸もとへ引き寄せ。そして。

「あのね、わたしは……わたしはモモちゃんとモトくんが……」

そして。暗転。

＊

そこでわたしは目が覚めた。

はッ、とベッドから跳び起きる。

「え……」

慌てて周囲を見回してみる。見慣れた自宅の寝室だ。

「え。え？　え」

いつの間に、お店から自宅へ舞い戻ってきたのだろう？

夜っぴてモトくんと予知夢の答え合わせをしているうちに、酔っぱらって眠り込んだのかな？　かもしれない。

なにしろ喋りっぱなしで喉がやたらに渇くものだから、がぶがぶ飲んで。しかも親の仇《かたき》みたくハイボールばっか。飲み過ぎだ、わたし。

店内で潰れてその後、どうしたんだろ。自分で自宅へ帰ってきた？　それともモトくんが送ってくれたのかな。

ふと見るとテレビがつけっぱなしになっていて、モノクロの洋画の映像が無音で流れている。イングリッド・バーグマンの『ガス燈』だ。リピート再生にしたまま眠り込んでいたらしい。

タイトルからして以前はラヴロマンスものかと思っていたが、字幕などから類推するに、どうやらいわゆる心理サスペンスのようだ。イングリッド・バーグマン演じるヒロインが身に覚えのない窃盗癖《せっとうへき》や異常な物忘れ、見えるはずのないガス燈の点滅、聞こえるはずのない足音などに悩まされて、精神的に追い詰められてゆく、という。

そういえば最近、なにかで読むか聞くかしたのだが、この『ガス燈』が由来となった「ガスライティング」なる心理学用語があるらしいが……どういう意味だったっけ？

酔いに濁《にご》った頭のなかでそんなどうでもいい疑問が、ぐるぐる、ぐるぐる空回りする。

ベッドで上半身を起こしたまま、ぼんやり惚《ほう》けていると、枕元からＬＩＮＥの無料通話の着信音。

「……あれ？」

モトくんのアイコンだ。「もしもし？　えーと、おはよう、でいいのかな」

「叔母さん、起き抜けのところを、すみません……見ましたよね」

「って、なにを」

「夢です。夢」

「まさか。昨夜は飲み過ぎで完全にブラックアウトしちゃって。夢なんか見もせずに、ぐっすりと死んだように……」

「叔母さん、日付」

「は？」

「新聞でもなんでもいいから、今日の日付を確認してください」

「今日の、って……」

無意識にリモコンを手に取り、テレビを地上デジタルに切り換えた。表示されている時刻は午後三時。

いつもはお店で仕込みをしているときに流しっぱなしにしているワイドショーが始まったところだ。音量ボタンを押して、音を出す。

MCの女性アナウンサーが番組名とともに発した今日の日付は。

「えッ」

八月十二日……って。

え、月曜日？

「モ、モトくん、どういうこと？　八月十二日……って」

喋っているうちに、だんだん昨日の記憶が甦ってくる。

月曜日は〈KUSHIMOTO〉の定休日だ。その前日の十一日の日曜日、お店の営業が終了し、いろいろ雑用を処理してから就寝したのはたしか、日付が変わってからの午前四時頃で……え。

え。わたし、いくら今日はお休みとはいえ、十一時間も眠り込んでたの？

といっても、ずーっと眠りっぱなしではなく、何回か寝惚けまなこでお手洗いへ立ったような気もするけれど。

「あ……」

そうだ。憶い出した。

昨夜は兄の時広が店へ来ていて。

そして打診されたのだ。今度の土曜日、八月十七日に兄の別荘でのダブル婚約者お披露目パーティーの計画を。

素央と桃香ちゃんを自分の秘密の隠れ処でふたりきりにさせるためのお芝居に協力してくれ、と言われたわたしは一旦、断ったのだが……あれれ。ということは？

　ということは、ついさっきまでわたしが見ていたのは……厳密に言えば、モトくんとわたしが見ていたのは？

「そうなんです。すべて夢だったんですよ、ほんのついさっきまで、ぼくたちが見ていた内容は。全部、今度の金曜日から次の水曜日までに起こることを幻視していたんです。未来の予知夢として」

「未来……今度の金曜日、八月十六日から、二十一日にかけて起こるはずの未来を？　え、えと。つまり、じゃあ、あれも……あの答え合わせも全部……全部、夢だった？」

PARACT 3／回秘

八月十七日、土曜日。

場所は時広の別荘の一階。時刻は午後八時四十五分。

「ああ、やれやれ、まだこんな時間だというのに」

時広はいま、テラスデッキへと出るガラス戸近くのアームチェアでゆったり、リラックスしているご様子。

「眠くてたまらん」

「お休みになればいいでしょ」

「刻子の料理がどれもこれも美味《うま》いものだから、ワインが進んですすんで。すっかり酔っぱらってしまった」

「それはそれは。なによりでございますわ、お兄さま」

「特にあのスモークサーモンは絶品だったなあ。ほんとに美味《うま》かった」

「それはそれは、ほんとに、ようございましたわ」

ちょっぴりやさぐれた気分でソファに、だらりと寝そべったわたしは、ときおりブランデーをちびちび。

「ぜひ、またつくってくれ。そうだ。あれをお店で出して欲しいぞ」

「いつもあるわけじゃないけれど、たまに出しておりますよ、本日のサラダで」

「お。そうなのか。よしよし。楽しみが増えた」

「お兄さまにそれほど気に入っていただけて、ほんとによろしゅうございました。もしもアマゴの塩焼き定食のほうが美味《うま》かった、なんて言われちゃったら、も、どうしようかと思ってた」

わたしとしてはアマゴの件は、ほんとになにげなしに付け加えたひとことだった。が、後から考えてみると、これがいろいろ新情報を引き出す呼び水として機能したような気がする。

「ん。なんだそれ。アマゴの塩焼き？」

「兄さんは食べなかったの？〈ホテル・トコヨ〉のレストランで。あ。そもそも今日、ホテルへは行っていない？」

正広くんが車でモモちゃんとモトくんを秘密の隠れ処《が》へ誘い込むあいだ、時広は別に律儀《りちぎ》に〈ホテル・トコヨ〉へ赴《おもむ》く必要はないわけだ。

猪狩さんなる女性との婚約話はそもそも嘘《うそ》なのだから。フィアンセを迎えにゆくという口実で、そのあいだ、ホテル以外の場所で待機していても差し支《つか》えない。

「ホテル？　には行ったよ。正広から連絡があるまでどれくらいかかるか判《わか》らないから、川床のカフェで待っていようと。ああ、そうか。アマゴって、レストランのほうの名物料理か」

「じゃあ食べなかったんだ」

「食事をするつもりは最初からなかったよ。せっかく夜には、おまえの大《おお》ご馳走《ちそう》が待っているっていうのに」

「道理で。ディナー開始時刻を繰り上げろって、やいのやいの、あれほどせっつかれたわけだ」

なにしろ時広ときたら、正広くんが今日、指令通りにモモちゃんとモトくんを首尾よく秘密の隠れ処へと置き去りにした後、午後三時には「もう食事にしよう」と言い出したのだから呆《あき》れる。

ランチでアマゴの塩焼き定食をモモちゃんといっしょにいただいたばかりだったわたしと、モトくんといっしょにいただいたばかりだったみらちゃんは、「せめて五時から」と抵抗を試みた。

が、前日の夜更《よふ》かしで寝坊してランチはおろか朝食も抜きだという正広くんと金栗さんが時広に加勢したものだから、三対二の一票差で、あえなく白旗。

午後三時からのパーティー開始と相成った次第。ディナーとは名ばかりだ。そのせいで、まだ午後九時にもなっていない宵《よい》の口だというのに我が兄はすっかりできあがり、いまにも船を漕《こ》ぎそうな感じ。ときおり身体《からだ》が揺れる。

正広くんと金栗さんに至っては、七時を過ぎたあたりから妙にそわそわし始め、八時になるのを待たずに、ふたりで二階の西側の部屋へ引っ込んでしまった。

みらちゃんはお酒を飲まなかったが、デザートへ辿《たど》り着く前にお腹《なか》がいっぱいになってしまったようで、「苦しいから、ちょっと横になってきます」と、やはり自分の部屋へと引っ込んでいる。

「まあなにしろ、八人分という前提で用意していた食材の山に五人で喰らいついたんだから。お昼を食べていようがいまいが、そりゃあお腹いっぱいになるよね」

「ははは。あのすばらしい料理のどれも、素央と桃香ちゃんはひと口も食べられなかったんだなあ。改めてそう思うと、ふたりにはもうしわけない限りだ」

「心配ご無用。あちらはあちらで美味《おい》しいものを食べているよ、きっと。モモちゃんが腕を揮《ふる》って」

「そうだな。桃香ちゃんの腕も大したものだと聞いたから、あっちの家にもおまえの指示通りの食材をたっぷり揃《そろ》えておいたんだが。彼女になにをつくってもらったのか、後で素央に訊《き》いておいてくれ」

「にしても、ほんとに満腹だ。近頃は歳《とし》のせいで小食なものだから、こんなに腹いっぱいになったのもずいぶんひさしぶりだ。やっぱり食べ過ぎたかな。こんなことなら、ほんとに彼女も連れてくればよかった」

「なんの話？」

「昼間に〈ホテル・トコヨ〉へ行ったら、なんと、ほんとに猪狩真須美《ますみ》さんがいたんだよ。川床のカフェに」

八月十二日に見た予知夢のなかではいっさい触れられなかったこの新事実にも、わたしはまだ、おもしろがる余裕があった。

「へぇえ。じゃあ猪狩さんて、架空の人物じゃなかったんだ」

「なんで架空だなんて思ったんだ。ちゃんと実在しとる。それどころか、ここへご招待したこともある」

「え？」

わたしはちょっと、びっくり。「そんなに親しい間柄のひとなの？」

「といっても猪狩さんひとりをじゃなくて、彼女の同僚数人もいっしょに。仕事仲間の誕生日パーティーをしたいというから、ここでバーベキューをやったんだ。みんなの都合で、泊まりはしなかったが」

「はいはい」

「へぇえ。ときに兄さん、なんで特にその猪狩さんてひとにしたの、名前を使わせてもらうに当たって」

「いちばん洒落《しゃれ》が判りそうだったからかな。今度、身内だけで別荘に集まるんだが、わしの婚約者お披露目《ひろめ》パーティーという名目にしたい。ついてはリアリティを出すために、きみの名前とプロフィールを使わせてくれないか。その場で婚約話は嘘だということはすぐに明かすから、と」

リアリティときましたか。ほんと、変なところで凝《こ》り性なんだから。

「どうしてそんな変な真似《まね》をするのかと猪狩さん、疑問を呈さなかった？」

「訊かれたよ。それって、なにかのゲームですか、って」

「なんて答えたの」

「親戚付き合いがあまりよろしくない甥《おい》がいて、今回ばかりはこいつに確実に別荘へ来てもらわにゃならん。普段は周囲の動向に無関心なこいつも、わしが再婚を決めたと聞けば好奇心を刺戟《しげき》され、やってくるだろう。そのための方便だ、と」

「そう聞いて猪狩さん、おもしろがってくれたの？」

「でもみなさん、いざ集まって、実は再婚話は嘘でした、とバラしたら一気にシラけちゃいません？　と指摘された。だから息子の正広のフィアンセの紹介も兼ねたダブルお披露目という趣向にしたんだ、と答えたよ。息子のほうの婚約はほんとうの話だから、どうぞご心配なく、と」

「で、猪狩さん、納得して。名前の使用を快諾《かいだく》してくれたんだ」

「うむ。ほんとに名前だけ使わせてもらうつもりが、まさか今日、あんなところで本人に、ばったり出喰わすとは。こんな偶然もあるんだなあ」

「声をかけなかったの？　彼女に」

「猪狩さんひとりじゃなかったから、遠慮した。離れたテーブルから、ちょこっと会釈《えしゃく》を交わしただけで」

「彼氏連れだった？　それとも女ともだちと、とか」

「その両方なのかな。男ひとり、女ひとりとの三人連れで」

「女性ふたりと男性ひとり。って、ひょっとして古瀬さんたちかな？」

「誰だ、コセって」

「うちの店のお客さん。歳は六十代半《なか》ばくらいかな。髪も髭《ひげ》も真っ白で、メガネをかけている」

「そんな風貌《ふうぼう》だったかな、そういえば。どこかのご隠居さんが娘ふたりといっしょにお出かけしているという趣《おもむ》きで」

「じゃあ多分、古瀬さんだ。わたしたちもレストランで食事をしているところを見かけたから、その後で川床のカフェへ移動したんだね、きっと」

「しかし今日は、すっかり驚かされちまったなあ、正広たちに」

「なんのこと」

「なんと、恵麻さんとは、とっくに入籍済みとはねえ」

「え……まさか」

　思わずわたしは跳び起きて、ソファに座りなおした。

「まさか、兄さんも知らなかったの？　正広くんたちの入籍のこと」

「知るもんか。知っていたら、名前を使わせてくれと猪狩さんに頼むときだって、わしと息子、両方のフィアンセのダブルお披露目というお芝居のために、なんて言い方はしなかっただろうよ」

　会話の流れの、ほんのちょっとした分岐点に左右されてだろうか、これまで知らなかったことが次々と明るみに出てくる。

「父親にも黙って……だなんて。ずいぶん秘密主義なんだね、正広くん」

「別に秘密にしているつもりなんか、なかったんだろう。単に、せっかちなだけだよ、あいつは。挙式とか披露宴《ひろうえん》の段取りを組むまで待ち切れなかったのさ」

「ちょっと待って。正広くんたちの結納とか、どうなってるの？」

「まだしていない。というか、別にしなくてもいいんじゃないの、くらいに割り切っているんじゃないか、若いふたりは」

呆れ果ててしまった。

婚約の儀式もきちんと執《と》り行わないで、しかも父親すら与《あずか》り知らぬところで、さっさと入籍だけ済ませてしまうなんて……いいおとなとは思えない甥っ子の所業と、それにもおかまいなしの兄の能天気さに呆れると同時に、わたしは確信した。

正広くんがいろんな順序や段階をすっ飛ばして入籍だけ前のめりにやっちゃったのは、金栗さんにせっつかれたからにちがいない、と。

彼女は正広くんの婚約者ではなく正式に妻になっておくことを、なぜそれほど急いだのか。いつ、なにが起こっても正広くんが受ける権利はすべて自分のものにしておきたかったからだろう。

つまりこの時点で金栗さんは、己《おの》れの長期的プロバビリティの犯罪計画の遂行《すいこう》をすでに見据えている、ということだ。

時広の発案による「有末桃香と有末素央を秘密の隠れ処でふたりきりにさせる」というプランの内容を、すでにモモちゃんは知っているだろう。金栗さんが、こっそりリークしたはずだから。

その意図は、モモちゃんがひそかに時広と接触を試みるように持ってゆくため。

もちろん今夜、モモちゃんは金栗さんの思惑通りには動かないかもしれない。それでもいいのだ。長期的な蓋然《がいぜん》性に賭ける金栗さんは、ただ次の機会を窺《うかが》うだけ。

ているはず。

とはいえ、モモちゃんが今夜、行動に移す可能性は極めて高い、とも金栗さんは期待し

轟木克巳へ母親の個人情報を洩《も》らした因縁《いんねん》の相手、大叔父の時広が、またもや自分たちのプライベートに無神経な干渉《かんしょう》をしてきたとなれば、モモちゃんはきっと、なんらかの感情的な反応を示すだろう……と。

うまくいけばモモちゃんの犯行を装《よそお》い、義父となった男の命を奪うチャンスが巡《めぐ》ってくるかもしれない。

そう期待していたからこそ金栗さんは（無かったことになった土曜日のなかで）あの黒ずくめの衣装やサングラス、そして白マスクをあらかじめ用意していたのだ。僥倖《ぎょうこう》に恵まれた場合に備えて、己れの素性《すじょう》を隠すかたちでの行動をいつでも可能にするべく。

「なあ、いまさらながらというか、素朴な疑問なんだが……」

いつになく、うっそりとした声音《こわね》で時広は顔を上げた。

「なあに」

「素央はどうしてあんなふうにいつも、女装なんかするんだ」

「ほんとに、いまさら、だね。もう十年にも及ぶ趣味なのに」

「例《たと》えば、自分は男だけど恋愛の対象として男が好きだから女の恰好をする、というのなら、まだ判りやすいんだが」

「世のなか、複雑なのよ。いろいろと」

「わしの眼は節穴なのかな。素央と桃香ちゃんは好き合っているんだろ?」

わたしは肩を竦《すく》めてみせる。「それは本人たちに訊いてみれば」

「お互いに立場が微妙だというのは判る。世間体《てい》もあるだろうさ。仮にも父親と娘なんだから。しかし好き合っているのなら、ちゃんとその想いを結実させるために、いろいろ道を模索すべきだと思うんだよ。な。わしの言ってること、まちがってるか?」

「まったくの的外《まとはず》れ、ってほどではありませんね」

「うーん。やっぱり我ながら少々、おせっかいだったかなあ……」

「ちょっとちょっと。今回のこの茶番の是非《ぜひ》の議論はともかく、わたしたちみんなを、兄さんが言うところのおせっかいに巻き込んで実行しておきながら、いまさら泣き言なんて、かんべんしてちょうだい」

「わしはただ、素央に幸福になって欲しい。それだけなんだ。でないと天国の年枝姉さんに、もうしわけが立たない」

ふん。このシスコンめ。

姉に対する時広の思慕の情を疑うつもりは毛頭《もうとう》ない。けれどもこの場合、兄は年枝の名前を自分の都合のいいように利用しているような気がして、なんだか嫌な感じ。

モトくんに幸福になって欲しいという言葉だって、嘘偽《いつわ》りのない本心だろう。しかし今回のこの茶番劇はそもそも時広の「好きな女といっしょになりさえすれば、どんな変な男だって一発で、まともになる」という、いろんな意味での偏見に立脚する発想から始まっているのである。

相思相愛のカップルのハッピーエンドを見たいという気持ちだって、なくはないだろう。しかし時広が求めているのはあくまでも「男の姿で花嫁を娶《めと》る甥の姿」なのであって、己れの保守的価値観にそぐわない「風景」は見たくない。だから実力行使をもって是正しようとする。

単にそれだけの話で、モモちゃんとモトくんの関係性の行く末を案じて兄の計画に協力したわたしが、いつまで経《た》っても、こうしてくよくよ、もやもやしているのはそれが原因なのだ。

「あのね、兄さん。口幅《くちはば》ったいと重々承知の上で言わせてもらうけど。仮にモモちゃんとモトくんがお互いに愛し合っているとしましょう。でもね、だからといって、ふたりが男女の関係になることが幸福だとは限らないんだよ」

八月十一日から十二日にかけてモトくんとわたしが見た予知夢。

さらに入れ子構造で、その予知夢のなかでわたしたちが（実際には無かった八月十五日に）見たとされる予知夢。

そのなかで、秘密の隠れ処からこっそり別荘へ戻るモモちゃんの後をなんとか追いかけ、わたしと遭遇したモトくんはこう言った。

……ぼくもう、判らなくなりました。これからどうしたらいいのか、と。

隠れ処にいるあいだ、ふたりに、なにがあったのか。

八時間にも及ぶ空白のインターバル内の出来事なので想像するしかない。けれどもおそらく、モモちゃんとモトくんは結ばれてしまったのだ。

どういう流れでそうなったかはともかく、それはモトくんにとって、長年構築してきたモモちゃんとの関係性を破壊する行為に他ならなかった。

もちろん破壊というネガティヴな評価ではなく、次のステップへ進むためのリセットという見方もできよう。

モモちゃんがどう考えたのかは判らないけれど、少なくともモトくんは自分たちの関係性の変容を肯定的に捉《とら》えたものか否《いな》か、判断がつきかねた。

たしかにそれは自分たちの関係性に於《お》ける、ひとつの前進であるかもしれない。しかし同時に、取り返しのつかない後退なのかもしれない。

少なくともモトくんのなかでは、全面的にポジティヴに捉え切るだけの自信がなかった。だからこそあのときの彼は、あんな、らしくもなく、いまにも泣き出しそうな表情だったのだ。

「ほんとうに愛し合っているからこそ、男女関係ではなく、父親と娘との距離感を保っていたい。そういう選択肢もありなんだ、ってこと」

「すまん。判らん。正直、判らんなあ。わしには判らん」

「わたしだってモモちゃんとモトくんのことを、完全に理解した上で言っているわけじゃない。ただ、もしもモトくんがモモちゃんに対して、そういう一線を越えることでなにかたいせつなものを失う事態を危惧《きぐ》しているのだとしたら、わたしたちもその気持ちを尊重してあげなくちゃ」

「ひょっとして、それが理由なのか」

「え？」

「よく判らないんだが。もしも素央が桃香ちゃんに女性として惹《ひ》かれていて、でも、そういう関係に陥《おちい》っちゃいけないと常々自制しているのだとしたら、女装とは一種の鎧《よろい》みたいなものなのか？　桃香ちゃんとそういう雰囲気になるのを防止するための」

　その可能性は、わたしも一度ならず考えてみたことがある。

　もちろんモトくんが女装を始めたのは、少しでも果緒さんの性愛の対象たり得る存在に近づきたい、という秘めたる想いからだったはず。やがてそれが「自分らしさ」を表現するのに適切な手段であると悟る。

　だからこそ、果緒さんが死去した後も女装は続けている。基本的にわたしはそう考えているけれど、言われてみればたしかにこの趣味は、いまのモトくんにとって好都合な面もあるのかもしれない。すなわち愛する妻の亡き後、そのひとり娘に心惹かれる己れと葛藤《かっとう》する彼にとって抑止力として機能するかもしれない、という意味において。

真偽のほどは判らない。穿《うが》ち過ぎた見方かもしれない。が、そういう分析もちゃんとできるんだと我が兄を、ちょっぴり見なおす気持ちになる。

「まあ、なんだかんだ言って、素央はまだ若いからいい。それよりも心配なのは刻子、おまえのほうかも」

「なによ、急に」

「もうすぐ還暦だっていうのに、旦那も子どももいない。介護が必要になったとき、どうなることやら」

「独《ひと》り者なのはお互いさまでしょ」

「少なくともわしには正広がいる。いずれ孫もできるだろうし。やっぱり老後のことを考えると、おまえも一度は結婚しておくべきだったんじゃないか」

その発言、ポリティカル・コレクトネス的にどうなのよと思わなくもなかったが、いちいち目くじらを立てるのもおとなげない。

「仕方ないでしょ。わたしには年枝姉さんみたいに、熱烈にくどいてくれる殿方がいなかったんだから」

「そんなことはあるまい。わしの昔の友だちにだって、おまえのことを憎からず想っていたやつがたくさん……おっと。お姫さまのお目覚めのようだ」

時広の視線を追うと、みらちゃんが北側の階段を降りてくるところだ。

「もう具合はいいの？」

わたしが訊くと、みらちゃん、舌を出して照れ笑い。

「お腹が落ち着いてきたら、食べそこねたデザートのことが気になっちゃって」

「なるほどなるほど。用意するね」

わたしは空のブランデーグラスを持って立ち上がり、キッチンに入った。

「飲みものは、どうする。コーヒー？　紅茶？　あ。眠れなくなっちゃうかな」

「あー、おふたりさん。すまんが、わしはそろそろ失礼するよ」

あくびを洩らしながら、時広はアームチェアから立ち上がった。みらちゃんが降りてきたのとは反対側の、南側のスケルトン階段を上がる。

「すっかり酔っぱらっちまった。とりあえず、ひと眠りする」

「じゃあね、兄さん。また明日の朝」

「いや。ひと眠りしたら、夜食が欲しくなるかもしれん。すまんがそのときは、よろしく頼む」

「あのですね、わたしはひと晩中、起きているつもりはありませんから。も、ぜんっぜん。なにか食べたくなったら、自分で勝手にやってちょうだい」

「判ったわかった」

時広の姿が二階の東側の部屋へ消える。

対面式キッチンのカウンター席に座ったみらちゃんの前に、わたしはヌガーグラッセの皿を置いた。

「わ。美味《おい》しそ。やばい。これはやばい。以前にお店でいただいたことのある栗とマスカルポーネのティラミス以上にヤバそう。エスプレッソ、お願いします」

デミタスカップを用意しながら、わたしは訊いてみた。

「どのへんから聞いていたの？」

「え……」

「わたしと時広のやりとり」

一瞬止めていたスプーンを再び動かし、切り分けたヌガーグラッセを口へ運ぶみらちゃん。

「……素央はどうして女装なんかするんだ、というくだり」

「時広のいまさらな質問のところからか」

「盗み聞きするつもりは、なかったんですけど……」

「気にしなくていいよ、別に。秘密の会話ってわけでもなし」

「あの、あれって……その、どの程度、的を射《い》ている話なんでしょう」

「どの話のこと」

「素央叔父さまが女装するのは、桃香さんとの距離を一定以上、保つためだ……という、あれは」

「さて」

湯気の立ちのぼるデミタスカップを、みらちゃんの前に置く。

「真実はもちろん、判らない。けれど、わたしの率直な考えを言わせてもらえるならば、女装はモトくんの趣味だと思う。純然たる意味でのね。だけど……」

ワインセラーからブルトン・フィスのボトルを取り出すわたし。

「だけどモトくんがその趣味を、モモちゃんとの距離を保つために利用している一面も、たしかにあると思う」

みらちゃん、どこかしらおずおずとデミタスカップに口をつける。

そんな彼女に、モトくんの女装はそもそも果緒さんへの想いに端《たん》を発するという見解を、ここで伝えたものか少し迷う。もしかしたら、みらちゃんも薄々そう感じ取っているかもしれないけれど、仮に、そんなことは夢にも思っていなかったという場合、変な誤解を招く恐れがなきにしもあらず。

外見的な装いはどうあれ、モトくんはモトくんでしかない。果緒さんが愛したのは年枝だったのであって、彼がどうがんばってみても母親に取って代われる道理はない。それが判っていながら、なお女装を続けるのだとしたらモトくんのそんな姿は、あるいはみらちゃんの眼には、ひどく愚かしく、そして虚《むな》しく映るのではあるまいか。

といっても、わたしが危惧するのは、みらちゃんがモトくんに幻滅するかもしれないということではない。むしろ逆だ。

女装という行為によって彼は実は決して報《むく》われることのない愛に苦しんでいた……そうと知ったみらちゃんは、いまは亡き果緒さんへの対抗心とともに、モトくんへの慕情をさらに激しく燃やすことになってしまうのではあるまいか。

これは決して考え過ぎではないと思う。思春期の心理はかくも複雑なのだ。これまで、みらちゃんがモトくんへの想いを暴走させることなく、比較的フラットな態度を保ってこられたのは、自分のライバルはモモちゃんだけだと信じていられたから、という側面もなくはない。

それはモモちゃんを軽《かろ》んじているという意味ではない。同じ土俵に立てる相手だと認めているだけの話だ。しかし果緒さんという死者が相手では、みらちゃんも無力なわけで、それが却《かえ》って無為《むい》な対抗心を無駄に煽《あお》りはしまいか。わたしが心配しているのはそういう逆説的な心の運動性なのである。

「おトキさんはどうして今回の、このお芝居に協力することにしたんですか」

「それは逆にわたしが、みらちゃんに訊きたいな。時広発案のこんな茶番に、どうして手を貸す気になったの？　みらちゃんとしては、モモちゃんとモトくんに、どうなって欲しいの？」

みらちゃん、すぐには答えずに黙々《もくもく》とヌガーグラッセを口へ運ぶ。

「モトくんが女装するのは、もしかしたら、みらちゃんの鎧と同じ理由なのかもね」

「え……？」

「モトくんは、モモちゃんとの距離を保つために女装する。それはみらちゃん、あなたがそんな必要もないのに市松《いちまつ》人形のような長くて重いウイッグを被《かぶ》り続け、そしてオーバーサイズ・ファッションにこだわり続ける理由に通じているのかも、ね」

みらちゃん、敵意と紙一重《かみひとえ》の、茫然《ぼうぜん》とした眼つきでわたしを凝視《ぎょうし》する。

「どうして知ってるの？　って訊きたそうだけど。いまや気づいているのはわたしだけじゃないかもよ、ってことで」

ぽん、と勢いよくブルトン・フィスの栓を抜く。シャンパン・フルートに注いだ。

「あなたはあなたでモトくんとは距離を保ちたい。重苦しいウイッグを取っぱらって、スリムなありのままの自分の姿でモトくんに接するのは怖い。なぜなら、女性としての自信を必要以上に持つことで、うっかりモトくんの不可侵領域にまで土足で、ずかずかと踏み込んでいってしまいかねないから。その結果、取り返しのつかないことになるかもしれないから」

「どうして……どうしてウイッグのこと、知っているんです？　あ。あ、そうか。もしかして……」

「そ。みらちゃん、昼間ここを、こっそり脱け出していたでしょ。秘密の隠れ処へ行っていたのかな？　モモちゃんとモトくんの様子を見に。ウイッグを外して、オーバーサイズではない服装で」

「そっか、なるほど。あのとき、見られていたんだ、おトキさんに。気がつかなかった、全然」

「わたしは別に、その行動を咎《とが》めているわけでもなんでもないから、その点は誤解しないでね。ただ、みらちゃん自身がどうして長年、そういう鎧を纏《まと》っているのか。その理由をよく考えてみれば、モトくんの心情にも思いが馳《は》せられるんじゃないか、と。単にそういう老婆心だから」

シャンパン・フルートを傾ける。冷たく清涼感溢《あふ》れるブルトン・フィスが一気にわたしの胃の底まで滑り落ちてゆく。

「そう。多分、鎧なんだよ、モトくんの女装は。あなたと同じで」

自分のその言葉にわたしは、ひどく納得していた。たしかにモトくんの女装とは当初、果緒さんとの見果てぬ一体感のようなものを追い求めるための手段だったかもしれない。

そして幸か不幸か、それは存外、彼の感性とライフスタイルにフィットした。そのためモトくん本人も、それを鎧としてモモちゃんとの距離を保つために無意識に利用しているという自己欺瞞《ぎまん》に、長いあいだ気づいていなかったにちがいない。

空になった皿とデミタスカップを見つめていたみらちゃん、つと顔を上げた。

「わたしにも、それ」

「ん？」

みらちゃん、わたしが飲んでいるブルトン・フィスのボトルを指さす。

「こらこら。未成年」

「もうとっくに大学のコンパなんかで飲みまくってますって」

「彼氏といっしょに？」

「え。いや、彼氏、って」

「もうお付き合いしている子が、ちゃんといるんじゃないの」

「まあ、お付き合いってほどではないけど、小学校で同じクラスだったことのあるひとと最近、なんとなく」

平海くんのことだなと察したが、ここでその名前を口にしたりはしない。

「みらちゃんの鎧のこと、知っているの、その彼氏は？」

「ウイッグですか。多分、気づいていないと思います。ちょっとぼんやりしている、なんて言うと失礼だけど、あんまり勘《かん》の鋭いタイプじゃないので」

うっかり「みたいね」と口走りそうになり、内心苦笑。この時点でわたしは、まだ実際には一度も平海くんに会ったことはないのに。

「いつデビューするつもり？」

「え」

「その彼氏の前で。ショートヘアとスリム体形デビュー」

「デビューって、そういう。ねえ、おトキさん。デザートは二種類、用意しているって、言ってませんでしたっけ」

「ありますよ。もうひとつはホワイトチョコレートとナッツのテリーヌ」

「それもぜひ、いただきたいなあ。残っていますか」

「はいはい。エスプレッソはどうする。おかわり？」

「お願いします」

みらちゃん、つと立ち上がった。

そのまま北側の階段を上がってゆく。

がちゃッ、ばたんッと彼女の部屋のドアが開閉されたとおぼしき音を遠くに聞きながら、わたしはシャンパン・フルートをもうひとつ、用意した。

しばらく待っていると、みらちゃんが現れた。今度はなぜか、南側の降り口に。ウイッグを外し、Tシャツとスリムジーンズという恰好で。

スケルトン階段を降りてきた彼女のその姿に、わたしはお世辞《せじ》でも冗談でもなく、見惚《みと》れてしまった。

ファッションモデルさながらの所作《しょさ》は優美《ゆうび》そのもの。こりゃあもしも大学で鎧を脱ぎ捨ててデビューした日には、男の子たちがさぞや色めき立つことだろう。

「とってもすてき」

「ありがとうございます」

「でも、せっかくのデビューの相手が、こんなわたしでいいの？　その彼氏でも、モトくんでもなくって」

なにも答えずに座るみらちゃんの前に、わたしはホワイトチョコレートとナッツのテリーヌとデミタスカップを置いた。

「おトキさんは、どうなんですか」

「わたしが、なに？」

「桃香さんと素央叔父さまが、どんなふうになって欲しいと思っているんですか」

「もちろん、幸福になって欲しい。そう思っている。だからこそ兄の、こんな与太《よた》にも付き合っているわけで」

「なにが……いったいなにが幸福なんでしょうか、ふたりにとって」

「ちゃんとまともにコミュニケーションがとれている状態をつくること、だね」

みらちゃん、ちょっと驚いたみたいに眼を瞠《みは》る。

「わたしはそれ以外は、なにも望まない。ふたりがこれからも父親と娘という関係性を継続するのか、それとも別の道を選択するのか。そこは興味がない。どうでもいい」

みらちゃん、肩でひと息つくとフォークを手に取り、テリーヌを切り分けた。

「わたしはただ姉、年枝の息子であるモトくんと、その姉がこの世でもっとも愛した有末果緒さんのひとり娘であるモモちゃんが、互いに人間としてまっとうで、健全な交流をして欲しい。願いはそれだけ」

テリーヌを黙々と口に運んでいたみらちゃん、ふいにこちらがたじろぐほどの満面の笑《え》みを浮かべた。

「おトキさんて、すごい」

「そんなに美味《おい》しい？」

「じゃなくて。いえ、もちろんテリーヌも超サイコー過ぎてヤバいんですけど。わたしはそこまで深く、考えていなかったなあ、と思って」

「なにを？」

「桃香さんと素央叔父さまのことを」

「みらちゃんだって深く考えている。ただ見る角度が少し異《こと》なるだけ」

「いえ、わたしって自覚はなかったけど、自分のことばかり考えてた。そのことがいま、よく判りました」

「自分のことばかり？」

「自信があったんです。素央叔父さまのこと、この世でいちばん愛しているのはこのわたしなんだ、って。でも現実問題として、桃香さんの後塵《こうじん》を拝《はい》している」

自分は十九歳のときに「後塵を拝する」なんて表現を知っていたかしら、などと変な感《かん》慨《がい》に耽《ふけ》るわたし。

「桃香さんに対して、わたしは決定的なハンデを背負っている」

「ハンデって、それは……ひょっとしてそれは、みらちゃんとモトくんは血がつながっているけれど、彼とモモちゃんはつながっていない、という点？」

「そのことも含めて。自分の置かれている立場を理不尽に感じていたんです。素央叔父さまは、わたしだけのものにならなきゃいけない。実際、親密な関係であることはまちがいないのに、気がついてみると、いつもいちばん遠くへと追いやられている。桃香さんのせいで……なんて言うのは筋ちがいかもしれないけれど」

「なんにも筋ちがいじゃないよ」

「現実問題としては、わたしが潔《いさぎよ》く身を退《ひ》くのがいちばんいいわけで。って。我ながらなんとも上からな喋《しゃべ》り方ですけど」

「いろいろ葛藤はあったものの、結局そういう気持ち、すなわち自分は身を退くという気持ちのほうが勝ったからこそ、みらちゃんは今回、時広の猿芝居に協力することにしたんでしょ」

「ええ。でも主観的にはあくまでも、素央叔父さまのためを思って、みたいな気持ちだった。ほんとは単に自分のためなのに」

「モモちゃんとモトくんの関係がすっきり改善されれば、みらちゃんも精神的に落ち着く、ってことでしょ」

「はい。すべて吹っ切れる。あくまでもわたし自身が、です。桃香さんと素央叔父さまがどうなるかまでは思いの至っていない、浅はかな考えでした。おトキさんのように、ふたりの心の問題のことなんか、これっぽっちも考えていなくて……」

頰に涙がこぼれ落ちていることに気づいてか、みらちゃんは眼を伏せた。

そんな彼女の前にわたしはシャンパン・フルートを置く。こぽこぽ音をたてて、ブルトン・フィスを注ぐ。

顔を上げたみらちゃんにそのシャンパン・フルートを手渡したわたしは、自分のシャンパン・フルートを掲げてみせた。

「じゃあ、行こっか」

「え?」

「乾杯」

ふたつのシャンパン・フルートをキスさせておいてから、一気に飲み干したわたしは立ち上がった。

「それ、むりに飲まなくていいからね」

急なことで戸惑《とまど》ったのか、眼を白黒させながらもみらちゃん、しっかりと人生初のブルトン・フィスを味わう。

「え。なにこれ。こんなの初めて。超ちょう美味《おい》しいんですけど」

「それはよかった」

「もう一杯、欲しい。ていうか一本まるごと、自分で飲み干したいなあ」

「ここはおとなとして、十年早い、と言っておくべきかな。さ、行こ。先《ま》ず、わたしの部屋から」

みらちゃん、わたしに背中を押される恰好で北側のスケルトン階段を上がる。

「ちょっと待ってて」

南側の西の自分の部屋へ入ったわたしは、バッグからスマホを取り出す。もちろん、モモちゃんのスマホだ。

「おまたせ。今度はみらちゃん」

「えと、なにをすれば……」

「スマホを持ってきて。もちろん、モトくんのほうの」

モモちゃんのスマホを弄《もてあそ》んでいるわたしをしばらく怪訝《けげん》そうに見ていたみらちゃん、やがて悪戯《いたずら》っぽい笑みを浮かべた。自分の部屋へ入る。

廊下で待っていると、出てきた。モトくんのスマホを持って。

「よし。さあ、デビューだ」

北側のほうのスケルトン階段を今度は、ふたりで降りる。

「って。今度はなにデビューなんですか」

「みらちゃんの、ありのままのわたしデビューに決まってるでしょ」

「え」

みらちゃんといっしょに裏口から別荘を出た。徒歩で秘密の隠れ処へ向かう。

わたしがなにをしようとしているのか察してはいるものの、本気なのかどうか、いまいち判断がつかないらしい。みらちゃん、おもしろがる口調なものの若干《じゃっかん》、不安げだ。

「でも、いいのかな。みんなに黙って、こんなルール違反をしちゃって」

「だいじょうぶだいじょうぶ。てか、みらちゃんはもう昼間に、そのルール違反を犯しちゃってるじゃない」

「わたしだけじゃなくておトキさんまでもがいきなり現れたら、素央叔父さま、びっくりしそう。ふたりとも、どうやってここまで来たの、って」

「それも心配ご無用。少なくともモモちゃんは、ちゃんと知っているようだから、時広の企《たく》みについて」

「え。ほんとに？　どうして」

「どうも誰かが事前にモモちゃんにリークしちゃったっぽい」

「そうなんだ。じゃあ素央叔父さまもいま頃は、そのことを桃香さんから教えられているかも、ですね」

むろんモモちゃんから暴露してもらうまでもなく、モトくんもすでに時広のお芝居の全容を予知夢によって先刻承知なのだが。

「さあ、どうだろう。存外モモちゃん、おもしろがって、知らん顔して茶番に付き合っているのかも。だとしたらモトくんには教えていないんじゃないかな」

五分もかからずに隠れ処へ到着。

一階のテラスデッキのガラス戸から照明の光が洩れてきている。

わたしはガラス戸へ近づき、みらちゃんが今日の昼間にやったであろう行為を真似して、室内を覗《のぞ》き込んだ。

ホームバーでモモちゃんとモトくんがバーカウンターを挟《はさ》んで向かい合っている。

ふたりが白いバスローブ姿であることに、ちょっと苦笑してしまうわたし。さすが我が兄。そんなアイテムまで甥っこたちのために用意しておいてあげたとは。やるからには準備万端で、ってか。

ふたりのバスローブ姿以上にわたしにとって印象的だったのは、ストゥール側に座っているのがモトくんではなく、モモちゃんだったということ。

いい雰囲気で談笑している感じのふたりの視線が、ほぼ同時に横へと流れる。わたしたちに気づいたようだ。

眼を丸くして立ち上がろうとするモモちゃんをわたしは掌《てのひら》を掲《かか》げてみせ、止《と》める。身振り手振りのジェスチャーで、玄関のほうから入る旨《むね》を伝えた。

「叔母さん、どうやってここまで来たんですか？」

出迎えてくれたポニーテールのモトくん、なるほど、たしかにいつになく男っぽい。

それでいて、すっきり爽《さわ》やかな女ぶりという、正広くんのなんとも矛盾した評は文字だけ起こすと意味不明なんだけど、こうして実際の彼を目の当《ま》たりにしてみると、他に形容のしようがないかも。

思い返してみれば、入れ子構造の予知夢のなかでわたしは、いまと同じ妖しいオーラをまとったモトくんと遭遇しているのだが、あのときはサイコキラーとの攻防の真っ最中で、こんな感慨に耽る余裕はなかった。

「叔母さんも時広叔父さんも今日はしこたま飲んでいて運転ができない、って正広は言っていたのに」

ここから別荘まで徒歩で五分もかからないことをすでに予知夢で知っているモトくん、

なかなかの役者ぶり。予知夢のなかで金栗さんに協力していた正広くんに決して負けていない。

「こちらはどなたで……え。えッ？　ひょっとして、えッ？　みらちゃん？」

いっぽうのモモちゃんはイメージチェンジしたみらちゃんと、きちんと対面したのは実質、これが初だから演技なし、素で驚いている。

「わ。うわわ。すっかり見ちがえちゃった。え。そのTシャツもすてき。かっこいい。どこで買ったの？」

いまにもみらちゃんを抱き締めんばかりに、はしゃいでいたモモちゃん、ふと怪訝そうに振り返る。

「モトさん、どうしたんですか」

「ん。なにが？」

「いや、なんだかあんまり、驚いていないみたいだから。こんなにイメージの変わったみらちゃんを見て」

「驚いているよ。驚いているんだけど」

モトくんの名演技は続く。

「でも、ほら。昼間に、そこのガラス戸から部屋のなかを覗き込んでいる女の子がいただろ？」

「うん。え……あ」

「あのときは気がつかなかったんだけど、あとで考えてみたら、あれってみらのに似ていたなあ、と」

「たしかに。言われてみれば、だけど。あれがみらちゃんだなんて夢にも思わず……え。いや、おかしいじゃないですか。ね。おトキさん。どうやって、ここまで来られたんです？　まさか、みらちゃんが運転？　したわけじゃないよね。じゃあ、どういうことなんですか、いったい？」

おかしい、なにか変だ……そんな暗雲のような不安がわたしの胸に渦巻いたのは、そのときだった。

「しゅくふんは、車の運転の練習中に事故ってむちうちみたいになった金栗さんを病院へ連れていかなきゃいけなくなったから、ここへわたしたちを迎えにはこられない、って電話してきたんですよ」

そうなのだ。

今日、正広くんは（入れ子構造の予知夢のなかの）わたしの想像通り、金栗さんの車の練習中の事故を「素央とジューテツを隠れ処に置き去りにする口実にした」と時広とわたしに報告したのである。

（おれと恵麻ちゃんは今日はもう別荘へは戻ってこられないし、叔母さんの料理にもありつけなくなった、っていう設定にしておいたから。明日の朝、親父か叔母さんが素央とジューテツをここへ連れ戻してくる前に、おれと恵麻ちゃんは失礼するね。おれたちふたりは結局、ここへは泊まらなかったんだ、ってふりをしなきゃ。ね。話の辻褄《つじつま》が合わなくなるから）

「おまけに、おトキさんも大叔父さんもすでに、きこしめしていて運転できない、って言うから。モトさんとわたし、もう今夜はここで過ごすしかない、って覚悟を決めていたんですよ。ね？」

相槌《あいづち》を求められたモトくん、「うん。そうなんだよね」と返しながらも、名演技ぶりには少々翳《かげ》りが生じる。

モモちゃんが時広発案のお芝居のことを、ほんとうに知らなそうなのが腑《ふ》に落ちないのだろう。そう察知しているのは、ひそかにモトくんとアイコンタクトを交わしたわたしだけだが。

「あの、モモちゃん……つかぬことを訊くけど、この時広の秘密の隠れ処のこと、事前に誰かに教えてもらったりしていない？」

眉根《まゆね》を寄せたモモちゃん、助けを求めるかのようにモトくんを一瞥《いちべつ》しておいてから、わたしに向きなおる。

「いいえ。ていうか、この家のなにに関して、どなたから事前に聞くんです？」

「い、いやいや。いいのいいの。気にしないで。忘れて」

どういうことだろう、これは……いまのモモちゃんを観察する限り、彼女が時広発案のお芝居のことを、ほんとうは知っているのに知らないふりをしている様子は微塵《みじん》も見受けられない。

そもそもこの状況下でモモちゃんは、そんな演技をしなければならない必然性なぞまったくない。

仮に金栗さんからリークされているのだとしたら素直にそう打ち明けて、なんの支障もないはず。なのにいまのモモちゃんは素で、きょとんとしている。

つまり、ほんとうに知らないのだ。

しかし……しかし、それはおかしい。変ではないか。

わたしがみらちゃんをありのままの自分デビューという名目で、この隠れ処へ連れてきた目的は、ただひとつ。そう。

いまから別荘へ舞い戻るはずのモモちゃんを足留《ど》めするためだ。

隠れ処にいるはずのモモちゃんがこっそり時広の部屋を訪れるところを偶然、金栗さんが目撃したことこそが、あの惨劇を引き起こすきっかけになるのだから。

モモちゃんさえここに足留めしておけば、今夜起こるはずの大殺戮《さつりく》劇は「無かったこと」にできる。そう確信していたからこそわたしはこうして、みらちゃんを連れて隠れ処のふたりを訪問するという、一世一代の掟《おきて》破りに踏み切ったのだ……が。

いったいどういうこと、これは？

もしも金栗さんが全員共犯のお芝居プランの内容を事前に洩らしたりしていないのだとしたら、モモちゃんは今夜、この隠れ処を脱け出してわざわざ時広に会いにゆかなければならない必然性はなくなる。そういう理屈に当然なるわけで。

それとも他に、なにか？　他になにか、モモちゃんを行動に移させる要因があるのだろうか？

「ごめん、みらちゃん」

「え」

「わたしてっきり、モモちゃんは知っているものとばかり思い込んで、こんなこと、やっちゃった」

「そっか。ヤバいですよね、これって。どうしましょう、おトキさん」

「なんのお話ですか、おふたりさん？」

モモちゃん、九割は笑って残りの一割で怒っているみたいな面持《おもも》ち。上背《うわぜい》があるから、両手を腰に当てるポーズが迫力満点。

「おトキさんもみらちゃんも、どうやって別荘からここまで来られたのか、説明してくださるおつもりがあるんですか。それとも、ないんですか」

「ある。ありますけど。モモちゃん、ひとつ約束してくれないかしら」

「なんでしょう」

「ないしょにしておいて欲しいの、時広や正広くんたちには。今夜わたしとみらちゃんが、こっそりここを訪れていたことを」

モモちゃん、ますます胡散《うさん》臭そうに顔をしかめ、今度は腕を組んだ。

「わたしたちがいまから打ち明ける話も、すべて聞かなかったことにして、知らん顔を貫《つらぬ》いてちょうだい」

「そうお約束するかどうかは、おふたりの話をすべて伺《うかが》ってから決めます」

「はい。じゃあ、あの、みらちゃん」

「え？」

合掌《がっしょう》し、伏し拝んでみせるわたし。

「説明をお願い」

「ちょ。なんでわたしが。こういうときこそ年長者の方が」

「ただとは言わない。みらちゃん待望のシャンパーニュ、ブルトン・フィスをダースでご提供いたします」

「わたし、そんなもので釣られるような人間だと思われているんですか。ちょっとショック。まあ、そのとおりなんだけど。じゃあそれと、今度からお店へ行ったときには、栗とマスカルポーネのティラミスをタダでお願いします。一年分」

「いちねんぶん？　とはまた法外な。いえ。いえいえいえ。了解いたしました」

モモちゃんとモトくんに、今回の時広発案の計画の全容をみらちゃんが懇切丁寧《こんせつていねい》に説明してくれているあいだ、わたしは足りない脳細胞を総動員。頭をフル回転させて、考えに考える。

前提となるのは、この隠れ処と別荘との位置関係について、この時点でのモモちゃんはまったく知らない、という事実。

この前提条件がある限り、こんな時間帯にモモちゃんがわざわざひとりで、てくてく別荘へ向かう道理はない。

にもかかわらずモモちゃんは（入れ子構造の予知夢のなかで）ここから別荘へと辿り着いた。どうやって？

単独ではまず、むりだろう。ということは誰かに連れていってもらった……？

合理的に考えると、それしかあり得ないような気もする。しかし、誰に？

どういう経緯でかはともかく、モモちゃんが付いてゆくとしたら彼女の顔見知りだろうけれど……そんなひと、いる？

いや、それ以前に、その人物が誰であれ、どういう口実をもってすればモモちゃんをここから誘い出せる？

ここにはモトくんも居るんだから、彼の眼も盗まなければならないし……うーん。

「……とまあ、ざっとそういう感じのプランだったんです」

あらかた説明を終えるみらちゃん。

じっと聞いていたモモちゃん、組んでいた腕をほどく。頭痛をこらえているかのような顔で天を仰《あお》いだ。

「……なんとコメントしたものやら、よく判りませんけど。トッキーったら、なんのマンガに影響されたんだ」

なるほど。たしかに言われてみれば漫画チックな発想だなと、わたしも内心大いに納得。しかも昭和の少女マンガっぽい。

「おトキさんの同意の下、わたしがバラしちゃったってことはどうか、ないしょにしておいてくださいね」

みらちゃん、そう言ってモモちゃんとモトくんにそれぞれのスマホを返却。

「信じられない。ただただもう、信じられないとしか言いようがありません。みらちゃんばかりか、おトキさんまでおもしろがって、そんな狂言に一枚、嚙《か》んでいたなんて」

「別におもしろがっているわけじゃない、と思うよ」

立場が立場だけにか、煮え切らない助け船しか出せないことがとっても心苦しそうなモトくんでありました。

「みらのはみらので、叔母さんは叔母さんでそれぞれ思うところあってのことだったんだよ、きっと」

再び腕組みしたモモちゃん、しばらく唇を尖《とが》らせていたが、やがて、くすりと普段のように笑み崩れる。

「そっか。そうだったのか。みらちゃんが昼間、その恰好でここへ来ていたとき、すぐにその後を尾《つ》けていれば、なんなく別荘へ戻れていた、というわけですね」

後を尾ける……？

「あッ」

「どうしました、叔母さん」

「な、なんでもない、なんでもない。あの。いま何時？」

自分の手に戻ってきたばかりのスマホを見るモトくん。

「あと十五分ほどで十時ですが……」

「みらちゃん、悪いけど、ちょっとここで待っていてくれる？」

「どうしたんです、いったい」

「すぐに戻ってくる。多分、三十分もかからないと思うから。ね。じゃ後で」

「ちょ、ちょっと……」

呼び止めようとするモトくんの声を振り切り、わたしは隠れ処から飛び出した。

小走りで、テラスデッキのガラス戸から洩れる光を避けるようにして、暗闇へと身を投じる。

片膝をつき、植え込みの陰から、そっと覗く。いい具合に隠れ処の建物全体を見通せる位置だ。

ガラス戸越しに邸内を見てみると、ホームバー周辺にいるのはモモちゃんと、そしてみらちゃん。モトくんの姿が見当たらない……と思った、そのとき。

気配を感じた。

ゆっくり首を横へ捩《ね》じってみると、薄闇のなかにひとのかたちをした黒いシルエットが浮かび上がっている。

隠れ処の建物を見上げているようだ。

風貌を判別できるほどの光量はないが、どうやら男っぽい。

その黒いひと影は、邸内から洩れる照明の光を避けるようにして、建物の裏側へと回り込んだ。

わたしが邸内へと視線を戻すと、さっき姿が見当たらなかったモトくんがいる。

白いバスローブではなく、昼間に着ていた私服姿に変わっている。

今度はモモちゃんの姿が見当たらない。二階の寝室へ、モトくんと同じように着替えにいっているのだろうか。

そんなことを考えていると、さきほどの黒いひと影が再び現れた。

二階の様子が気になるのか、しきりに建物を見上げる動作をくり返す。

邸内からの光が差すテラスデッキの手前で止まると、前屈《かが》みの姿勢に。自分の姿を感知されぬよう距離をとりながら、室内の様子を窺っている感じ。

やがて背筋を伸ばした黒いひと影は、身体の向きを変えた。

暗い足元に注意しているのか、そろり、そろりと歩き出す。

ほどなくして眼が慣れたのか、徐々に足どりが軽快になってゆく。

黒いひと影を眼と鼻の先でやり過ごしておいてから、わたしも植え込みの陰から立ち上がった。

振り返って邸内を見ると、さきほどは姿の見当たらなかったモモちゃんがいる。やはりバスローブではなく、昼間に着ていた私服姿に変わって。

わたしは歩き出した。なるべく足音と気配を消すように注意しながら、黒いひと影の後を尾ける。

予想通り、別荘へと向かっている。

そう。いまわたしは入れ子構造の予知夢での（無かったことになった土曜日のインターバル内での）モモちゃんの行動をトレースしているのだ。

暗闇のなかから隠れ処の様子を窺っていたあの黒いひと影に、モモちゃんは気づいた。

そして慌《あわ》てて追跡した結果、期せずして僅《わず》か数分で、遠く離れているとばかり思い込んでいた別荘へと舞い戻る結果になった、というわけなのだ。

今回のモモちゃんはおそらく、あの黒いひと影には気づいていない。それはわたしとみらちゃんが突然の隠れ処訪問という、本来のストーリーでは予定外だった行動に及んでしまったからだ。わたしとみらちゃんという想定外のゲストの存在へとより意識が向いたモモちゃんはその結果、本来なら不審者に気づくはずだった場面でその機会とタイミングを失った。詳細は不明だが多分、そんな因果だったのではなかろうか。

ただ、まだ判らないこともある。

いくら不審者に気づいたからってモモちゃん、どうして即座に追いかけたりしたのか。そんな危険で無謀な真似をするような性格だとも思えないのだが。

それとも、具体的には判らないものの、なにがなんでも追わなければならないという、よほど差し迫った理由でもあったのか？

それにモトくんはそのとき、どうしていたのだろう。

こういう場合、モモちゃんが彼に黙って隠れ処を出てゆくとは、ちょっと考えにくい。モトくんとしては当然、危ないことはよせと止めようとするか、あるいは彼女といっしょに追跡を始めるか、どちらかだろう。

モモちゃんからだいぶ遅れてモトくんが別荘へ辿り着いた、すなわち途中、彼女に危うく振り切られそうになったものと思われるという（無かったことになった土曜日の）事実に鑑《かんが》みるに、どうも後者のほうが可能性が高そうだが。

やがて別荘が見えてきた。

わたしの先を行く黒いひと影は一旦《いったん》、裏口の前で立ち止まった。

左右を窺う素振り。そして東側から建物をぐるりと回り込んで、わたしの視界からは消える。

どうやらあの人物こそが、モモちゃんの後から別荘へやってきたモトくんが一階のピクチャアウインドウ越しに目撃したという、黒いひと影だったようだ。

わたしは別荘の裏口へ駈け寄った。インタホンで時広の部屋を呼び出す。

ぐっすり眠り込んでいるのだろうか。なかなか応答がない。

しつこく呼び出していると、ようやくスピーカーから「おう」と声がした。

「なんだ、刻子か。どうしたんだ」

緊張感を強調しようとわたしはモニターのカメラに、めいっぱい顔を寄せる。

「ちょっと気になることがあって。とりあえず、なかへ入れてちょうだい。いまから兄さんの部屋へ行くから」

「おいおい。なんなんだ、いったい」

オートロックが解錠され、わたしは邸内へ入った。

北側のスケルトン階段を上がる。

モモちゃんの部屋の前、共同洗面所の前、みらちゃんの部屋の前、そして共同バスルームの前を通り過ぎて、時広の部屋へ。

ドアをノックしかけた手を止め、わたしは振り返った。

吹き抜けを挟んで真向かいの、西側の正広くんの部屋のほうを。

するとはたして、ドアを細めに開けてこちらを見ている金栗さんと眼が合った。

本来はここでモモちゃんは、自分が彼女に見られていることに気づかずに時広の部屋へ入っていったのだろう。

それがスイッチになって金栗さんは、時広抹殺《まっさつ》プランを実行に移す流れになってしまうわけだが……まてよ。

もしも金栗さんが時広発案のお芝居のことをモモちゃんにリークしていないとしたら、今晩のところは最初から、なにもしないつもりだったのか？　いや。

こうして時広と同じ屋根の下で過ごすのは、いまや彼の義理の娘となった金栗さんにとっても滅多《めった》にない機会だ。モモちゃんに対してのトラップは特に仕掛けずとも、己れのプロバビリティの犯罪計画を遂行できるチャンスがなんらかのかたちで巡ってくるかもしれない。そんな期待はあっただろう。だからこそ黒装束やサングラス、白マスクを用意していたわけだ。

いずれにしろ、いま時広の部屋へ入ろうとしているのがわたしである以上、少なくともモモちゃんに罪を被せようとするスキームは無効となる。金栗さんが今夜、なんらかのアクションを起こす確率は、また一段と下がったはず。

そう確信して、わたしは金栗さんに向かって笑顔とともに、ひらひらと手を振ってみせた。

やはり笑顔で会釈して寄越《よこ》した金栗さん、なに喰わぬげな顔で廊下へ出てくると、そのままドアを後ろ手に閉めた。

北側のスケルトン階段を降りてゆく。

彼女のその姿を見届けておいてから、わたしは時広の部屋のドアをノックした。

「どうしたんだ、いったい」

安眠を妨害されたからだろう、兄はすこぶるご機嫌斜《なな》め。

「ちょっと気になることがあって」

「ああ?」

「どうもさっきから不審者が、この建物の周囲をうろついているの」

「なに」

眠そうだった眼を剝《む》く時広。

「ほんとか。どんなやつだ」

「顔がよく見えないものだから、何者なのかまでは判らないんだけど」

「ううむ」

「みんなに注意喚起しておいたほうがいい、と思って……」

そう喋りながらわたしは、はたと思い当たった。

モモちゃんもきっとこれが目的で（無かったことになった土曜日の夜に）時広の部屋を訪れたのだ。

決して時広発案によるお芝居に対するお礼や皮肉を述《の》べるためではなく。

不審者が別荘の周囲をうろついているので、みなさん注意してください、と知らせるためだったのだ。

モモちゃんの言葉を受け、時広は館内電話で正広くんに注意を呼びかける。あのとき正広くんが（親父が変なことを言ってきて）と言っていたのはそういうわけだったのだ……ん。まてよ。

時広は館内電話で（恵麻さんは無事か？）という訊き方をしたという。それがほんとうなら時広は、特に金栗さんへ危害の及ぶ事態を案じていたことになる。

それはなぜか。モモちゃんが、そういう危険性を憂慮《ゆうりょ》している、と時広に伝えたからに他ならない。

だとしたらモモちゃんはピンポイントで、金栗さんが危険に晒《さら》されていると承知の上で行動していた……そんな理屈になってしまうのだが。しかし。

モモちゃんはどうしてそんな特定ができたのだろう？　ただ漠然《ばくぜん》と不審者がいるというだけなら、別荘に滞在している者たちは全員が等しく危険に晒されるはずなのに。どうして特に金栗さんにだけ？

判らない。判らないけれど、とりあえずわたしもモモちゃんがやったであろう注意喚起を兄に促《うなが》しておくことにする。

「正広くんに、くれぐれも注意するように連絡して。いますぐ」

「判った」

「特に金栗さんになにも変わったことはないか、確認して」

時広が館内電話の送話器を手に取り、正広くんに「おい。恵麻さんは無事か？」と訊くのを確認してからわたしは、そっと部屋を出た。

西へ向かって、ゆっくり廊下を進む。

すると西側の部屋から、正広くんが出てきた。

父親からの館内電話を受け、生返事をしていたら、隣りで寝ていたはずの金栗さんがいなかったので、慌てて探しにゆこうとしているところだろう。

「金栗さんなら、いま階下《した》へ降りていったところ」

わたしがいきなりそう告《つ》げたものだから正広くん、一瞬きょとんとして足を止めた。

「あ、ど、ども。ありがとうございます」

寝癖とメガネをなおしつつ、北側のスケルトン階段を彼が降りようとした、まさにその刹那《せつな》。

吹き抜けの空間を引き裂くかのように、金切り声が響きわたった。

「えッ……」

続けて、「なにをするッ」という聞き馴染《なじ》みのない、野太い怒号《どごう》が。え、誰？

「え。えッ？」

階段を駈け降りる正広くんの後を慌てて追いかけながらわたしは、あることに思い当たった。

ちょうどいま頃、入れ子構造の予知夢のなかではモトくんが、一階のピクチャアウインドウ越しに黒いひと影を目撃する。

タイミング的に考えると、さきほど階下へ降りていったばかりの金栗さんが、モトくんの代わりにその黒いひと影を目撃し……そして、なにかが起こったのでは？

先刻の「なにをするッ」という、どうやら男のものと思われる怒号は、その黒いひと影のものなのでは？

しかしあの声は明らかに邸内で発せられたものだ。外にいるはずのあの黒いひと影が、いったいどうやって建物のなかへ入り込んだのだろう？

る女性の姿。

「急いで彼の後を追うわたしの眼に飛び込んできたのは、玄関口付近で横向きに倒れてい
「恵麻ちゃん？　え、恵麻ちゃんッ、恵麻ちゃあああんッ」

　階段を駈け降りながら正広くん、叫び声を上げた。

「あ？　あッ、うわッッ」


　金栗さんだ。

　その身体の下から、じわ、じわと赤い液体が床に拡《ひろ》がってゆく。

「なにをやっているんだッ」

　金栗さんだけではない。玄関口付近ではいま男と女、ふたりの人間が互いに、むしゃぶりつくようにしての格闘の真っ最中ではないか。

　女は、なにやら刃物のようなものを振り回している。

　男はその手を両手で押さえつけ、なんとか刃物を取り上げようとしている。

　そんな構図だ。

「やめろ、おまえら。やめるんだッ」

　刃物を振り回し続ける女と組んずほぐれつ、争っているのは……え。

　古瀬さん？

　特徴的な白い頭髪と髭。そして丸っこいフレームのメガネ。どうして古瀬さんが、こん

わった。

「ときひろッッ」

これほどの大音量を口から発したのは生涯、これ一度っきり、という声でわたしは呼ばなところに？

「ときひろおおッッッ」

兄が部屋から飛び出してくる。胸壁《きょうへき》に両手をつき、階下を覗き込んできた。

「救急車を呼んでッ」

「なにごとだこれは」

「急いでッ。警察も。早くッ」

時広は慌てて部屋へ取って返す。

そのあいだにも女と男の格闘は続く。

「恵麻ちゃん、え、恵麻ちゃん、し、しっかりしろ」

正広くん、大量出血して瀕死《ひんし》の状態と思われる金栗さんの身体に取り縋《すが》る。

「しっかりするんだ。しっかり。し、しっかりしてくれえええッ」

がはッと風船が空気洩れを起こしたかのような、男の呻《うめ》き声。

見ると古瀬さんは、がたんッと激しい音を立てて床に両膝をついたところだ。

その彼の頸部《けいぶ》には刃物の柄が深々と突き立っている。

女は、鮮血のシャワーを避けようとしてか、あとずさる。

そしてわたしたちを睨《にら》みつけてきた。自分の前で崩れ落ちた古瀬さん。その首から生えたままの刃物の柄《え》を抜き取るタイミングを測《はか》っているかのように。

「誰だ、おまえはッ」

正広くん、激昂《げきこう》して立ち上がり、女に詰め寄った。

「誰なんだよッ」

歳は三十前後くらいだろうか。悪鬼の如《ごと》く殺気だった女のその顔は、平常時にはさぞ色っぽかろうと思わせる。

わたしも知らないひとだ……いや。

いや、まて。見覚えがある。

そうだ。昼間〈ホテル・トコヨ〉で見かけた。古瀬さんといっしょにいた女のひとりではないか。

「まてッ、このッ」

丸腰で踵《きびす》を返し、玄関から逃げようとした女に、正広くんは摑《つか》みかかった。

「はなせッ」

羽交《はが》い締めしてくる正広くんを振りほどこうとして、女は暴れる。

「放せ。放せったら。放しなさいよッ」

「何者だ、おまえは。どうして恵麻ちゃんをこんな目に」

「うるせえッ、放せ、放せッ」

「金栗さん……」

わたしは跪《ひざまず》き、彼女の顔を覗き込む。

「なにがあったの?」

「古瀬……さ……さん……が」

血の泡を噴《ふ》き、金栗さんは呻いた。

「ま、ま……ど……から」

「古瀬さんが窓から建物のなかを覗き込んでいた? そうなの?」

金栗さん、微《かす》かに顎《あご》を引くような仕種《しぐさ》。頷《うなず》いたらしい。

「それでどうしたの、金栗さん?」

彼女の両眼は混濁《こんだく》している。もはや、わたしの姿を視認していないかもしれない。

「扉の鍵を開けて、古瀬さんをなかへ入れてあげたの?」

返答はなかった。唇が痙攣《けいれん》するだけの金栗さん。

「そしたら古瀬さんといっしょにあの女が入り込んできて、あなたを刺した。そういうことだったの?」

わたしがそんなふうにずっと問い続けたのは、救急車が到着するまで、なんとか彼女の意識を留《とど》めておかなければという配慮ゆえだったが、もしかしたら逆効果だったのだろうか。

金栗さんの唇の痙攣が止まる。息絶えてしまった。

通報を終えたとおぼしき時広が、階段を駈け降りてくる。

「いったいなにごとなんだ……これは」

ともに血まみれで倒れている金栗さんと古瀬さんを目の当たりにした時広、一瞬びくんと感電したかのように身体を反《そ》らせた。

「な、なんだ。なんなんだ、これは……これはいったい」

正広くんが取り押さえている女を、ひたと睨みつける。

「誰だ、こいつは?」

「兄さんも昼間、彼女と遭遇しているよ」

「なに?」

「よく見て。猪狩真須美さんと古瀬さんといっしょに〈ホテル・トコヨ〉にいたひと」

「それが、なんでッ」

わたしですらその場で跳び上がりそうなほど激越な正広くんの怒声《どせい》。

「なんで恵麻ちゃんをこんな目に遭《あ》わせるんだ、おまえ」

「気に入らなかったんだよッ」

女は首を背後に捩じり、羽交《はが》い締めにしている正広くんに怒鳴り返す。

「ちょっとくらい若いと思って、他人《ひと》の客を奪って、喰い散らかしやがって。調子に乗りやがってよ」

「あ。お……おまえは」

そこで正広くん、少し怯《ひる》んだ。

「おまえ、先週まで〈夢鹿御苑〉にいた、あの……？」

「チョーシぶっこいた挙《あ》げ句、今度は玉の輿《こし》に乗ってやったぜときたもんだ。浮かれるのも、たいがいにしやがれって」

小さくないショックを受けたのか、正広くんの力が一瞬、緩《ゆる》む。

それを女は見逃さなかった。

「放せって言ってるだろッ」

正広くんの腕を振りほどいた女は肘《ひじ》打ち一閃《いっせん》。容赦《ようしゃ》ない一撃だ。

「グッ」

顔面をしたたか擲《う》ち据えられた正広くん、よろけながらあとずさった。

「ばかもの、やめんかッ」

玄関から逃げようとする女の前に時広が、立ちはだかった。

「これ以上、愚《おろ》かな真似はするな」

ぎくりと足を止めた女。背後にいるわたしのほうを振り返る。

鼻血を垂《た》らしながらも体勢を立てなおし、再び女に迫る正広くん。

「もうすぐ警察が来る」

さすがに三対一では逃げきれないと諦《あきら》めたのか、一旦は両腕をだらりと垂らした女だったが。

「あーはっはっはっはっはっは」

突然、ヒステリックに笑い始めた。

「ばか。ばかだよ、あんた。ほんと、おめでたい大馬鹿者」

そう正広くんに向かって、赤黒いネイルのひとさし指を突き立てる。

「世間知らずのお坊っちゃまめ。自分が殺されそうになったことも知らないで」

「なにを言っているんだ、おまえは。頭がおかしいのか」

「頭がおかしいのは、こいつだよッ」

女は今度は憎々しげに、絶命している金栗さんを指さした。

「こいつがおまえと婚約なんかしたのは、財産めあてに決まってるだろッ」

「なんだと」

「さっさと籍を入れておいてから、おまえを殺すつもりだったんだ。財産を独り占《じ》めにするために」

「そんなわけがあるもんか」

「だから、おめでたいお坊っちゃまだと言っているんだよ」

「だいたい、なんの根拠があって、そんなデタラメを……」

「根拠？　ははは。根拠だって？　そんなもの、大ありさ。足りないおつむで、よく考えてみな。なんでうちらがこうして、やすやすと建物のなかへ入り込めたと思っているんだ。え？」

正広くん、困惑の態《てい》で時広とわたしを交互に見る。

「こいつが」

再び金栗さんを指さす。「鍵を開けてくれたから、に決まってんだろ」

「恵麻ちゃんが、鍵を……？」

「そうさ」

「だ、だからってそれが、なんで恵麻ちゃんがおれを殺そうとしていた、なんて話になるんだ。まったく脈絡《みゃくらく》がない」

「だーかーらー、その足りないおつむで、ようく考えてみろってんだ。いいか。そもそも、うちらが今夜……」

女は今度は、倒れている古瀬さんのほうを指さす。彼の白髪と女のネイルの色が、なんとも毒々しいコントラストを生む。

「この爺《じじ》いといっしょに、わざわざここへやってきたのは、なんのためだと思う」

「知るもんか、そんなこと」

「今日ここで、おまえたちの婚約者お披露目パーティーが催《もよお》されると聞いたからさ」

あ、と思った。

そうか、猪狩さんだ。

この女と古瀬さんは、わたしたちの別荘でのイベント予定を猪狩真須美さんから聞いたにちがいない。おそらく〈ホテル・トコヨ〉の川床のカフェで遭遇した際、ふたりは時広のことを猪狩さんに、あのひとは誰？　みたいに訊いたのだ。

そして猪狩さんは猪狩さんで自分の名前を貸して欲しいと頼まれたことも含めて時広のことを詳《くわ》しく、かつ気軽に、古瀬さんと女に教えてしまった。

「そうと知ったこの爺いは……」

ぶんぶん両腕を乱暴に振り回す女、いまにも倒れている古瀬さんの身体を踏みつけにしそうな形相《ぎょうそう》だ。

「こう言いやがった。たいへんだ、恵麻ちゃんを救《たす》けなければ、って」

「は。た、たすける？」

正広くん、憤然《ふんぜん》と詰め寄る。

「どういう意味だ、そりゃ。こいつが恵麻ちゃんを救《たす》ける、って？」

「このままだと恵麻ちゃんは自分の意に沿わぬ結婚をさせられてしまう、その前に救い出してあげなければいけない……んだとさ。あたしが言ったんじゃないよ。この爺いだ。彼女はまるで、ひと買いに遭《あ》ったようなもんだ、と。爺いが勝手に、そう色めき立ったんだ。我こそは正当な恵麻ちゃんの本命なり、とでも言わんばかりに」

「そ、そういえば恵麻ちゃん、たしかこういう風貌の男にしつこく付きまとわれて困っている、みたいなことをいつか……い、いや、おかしいじゃないか」

怒鳴り上げようとしていたとおぼしき正広くん、声が裏返った。

「おかしいじゃないか。そんなストーカーまがいの爺さんがこんな時間帯にいきなり現れたら、身の危険を感じるのが普通だろうが。恵麻ちゃんがわざわざ玄関の鍵を開けて、こいつをなかへ入れてやるなんて、あり得ない。絶対にあり得るもんか」

「ほんっと、救いようのないくらい能天気なお坊っちゃまだね、あんたは。このあばずれがドアを開けてやったのは、この爺いは利用できる、と。そう思ったからに決まってるだろ」

「はあ？　利用……なんなんだよ、り、利用って」

「あんたを殺させようとしたんだよ、この爺いを言葉巧《たく》みに操《あやつ》って」

あッ、と思った。

女がはたしてどの程度、論理だてて考えてその仮説を導《みちび》き出したのかは判らない。しかしそれは充分にあり得る話だ。

ただし、金栗さんが古瀬さんに殺させようとしていたのが正広くんだとは考えにくい。おそらく時広のほうだろう。

順番としては時広を先ず亡き者にして、その遺産を正広くんが相続しておいてからでないと、金栗さんは久志本家の全財産を独り占めできない。

しかし彼女を巡っての古瀬さんの恋仇《こいがたき》はあくまでも正広くんであって、その父親ではないわけだ。金栗さんはどうやって古瀬さんに、時広を襲わせようとしたのか。

想像をたくましくするしかないが、例えばふたりの部屋を古瀬さんに誤認させるとか、そんな方法を考えていたのではあるまいか。正広くんが滞在しているのは西側ではなく東側のほうの部屋だと言って、そちらを襲うように指示する、という具合に。

あるいは、実際に時広を手にかけるのは金栗さん自身で、その後、あたかも古瀬さんの犯行であるかのような状況を偽装するつもりだったのかもしれない。

自分自身で手を下すのか、はたまた古瀬さんに代行させるのかはともかく。時広抹殺のため（無かったことになった土曜日に）モモちゃんに仕掛けようとしたトラップを今回、金栗さんは古瀬さんに仕掛けようとしていた、というわけだ。具体的にどういうふうに古瀬さんを操ろうとしていたのか、それはもはや永遠の謎だが。

古瀬さんを操り、利用しようとしたのは金栗さんだけではない。金栗さんと古瀬さん、ふたりを刺殺したこの女も同様。

金栗さんに傍惚《おかぼ》れするあまり血迷って、映画のワンシーン並みにドラマティックな花嫁奪還を狙《ねら》っていたであろう古瀬さんの暴走に、この女は便乗したのだ。刃物を用意していたのは、最初から金栗さんに危害を加えるつもりで古瀬さんに付いてきたからだろう。

窓から覗き込んでいる古瀬さんに気づいた金栗さんは玄関の扉を開ける。喜んで入ろうとする古瀬さんを背後から押し退《の》けて、女は金栗さんを刺した。

そして「なにをするッ」と慌てた古瀬さんをも刺そうとした。おそらく、ふたりとも殺した後、金栗さんと古瀬さんが諍《いさか》いの末、相討ちになってしまったかのような状況を偽装するつもりだったのではあるまいか。

だが、たとえわたしたちがこうして即座に現場に駈けつけなかったとしても、そんな浅はかな目論見《もくろみ》が成功していたとは到底、思えない。

「嘘だ。この爺さんに、おれを殺させようとした、だなんて……そんなの、嘘だ。恵麻ちゃんがそんなこと、するわけは……」

正広くんの声を女の、けたたましい哄笑《こうしょう》が遮《さえぎ》る。

さらにそれに被さるようにして、遠くからサイレンが聞こえてきた。すぐにピクチャアウインドウが赤色灯に染まる。

救急車だ。わたしの予想よりも、はるかに早かった。

やがてパトカーも到着する頃にはモモちゃん、みらちゃん、そしてモトくんも隠れ処から別荘へ舞い戻ってくる。

三人は一階の惨状を目の当たりにし、言葉を失う。

ちなみに、待っていてくれとわたしが言い置いていたにもかかわらず三人がやってきたのは、こちらのディナーのデザートのすばらしさをみらちゃんがあまりにも熱く語ったものだから、モモちゃんもモトくんも気になって我慢ができなくなったから……だったんだとか。

＊

しかしそれは、後でモトくんが語ったところによると、「あくまでも表向きの口実」だったそうな。

「みらのが叔母さんのデザートを絶賛していたのはほんとうです。ぼくがそれに乗っかって、じゃあ我々もぜひ、それを味わっておきたいものだ、いまから別荘のほうへ行こうと提案したのは、叔母さんのことが心配だったからです」

わたしが、すぐに戻ってくるからと言い置いて隠れ処から出ていったのは、別荘での異変の予兆を感じ取ったからではないか。モトくんはそう考えたのだという。

「桃香さえ隠れ処に足留めをしておけば、金栗さんはなんの行動も起こさないだろう、というのが原則的な対処方針だった。でも、もしかしたら他の要因がスイッチになって、時広叔父さんは命を狙われるかもしれない。その可能性に思い当たったからこそ、叔母さんはすぐに別荘へ取って返したのではないか。そう危惧したのです」

「なるほどね」

「ほんとは桃香とみらのは別荘へ連れてゆきたくなかったのですが、ぼくだけが隠れ処を出てゆくのはどういう理由をつけようとも、なんだか不自然な気がする。リスキーではありましたが結局、みんなでデザートをいただきに行こう、という軽いノリで別荘へ向かうことにした」

だからあのときモトくんは、さっさとバスローブから私服に着替え、モモちゃんもそれに倣《なら》ったというわけだ。

それにしては三人が別荘へ到着するまで、ずいぶん時間がかかったような気もするが、それは事情を知らないモモちゃんとみらちゃんが「おトキさんが戻ってくるのを待ったほうがよくない？」と声を揃えたからなんだそうな。一刻も早くわたしを追いかけたいモトくんとしては逸《はや》る気持ちを抑《おさ》えつつ、さりげなくふたりを急《せ》かす工夫に手間どってしまったという次第。

「あの黒いひと影を、隠れ処周辺で偶然目撃し、それを別荘まで追いかけていったであろうと思われる桃香の行動を叔母さんがトレースしていたのだとは、いまお話を伺って初めて知りましたが……あの黒いひと影……あれが古瀬さんだったとは」

「わたしもびっくりした」

「本気で……古瀬さんというひとは本気で、金栗さんを別荘から拉致《らち》というか、連れ出すつもりだったんでしょうか？」

「どうだろう。正広くんとの結婚は思い留まるように、と彼女を説得するつもりだったのはたしかでしょう。場合によっては過激な手段に訴えていたかもしれない。けれど拉致監禁の類《たぐ》いまでエスカレートしていたかどうかは、なんとも言えない」

「金栗さんは金栗さんで、なにを考えていたのか……仮に犯人の女が看破《かんぱ》したように、古瀬さんを利用できると踏んだ、だから玄関の鍵を開けてやったのだとしても、ですよ。そもそも古瀬さんはいったいなんのために常世高原の別荘くんだりまでやってきているのかと、金栗さんは疑問には思わなかったんでしょうか。ましてや自分のことをストーキングしている相手だ。うっかりこんなところで接触したりしたら危害を加えられるかもしれないと警戒し、絶対に邸内へ入れたりはしないのが普通の対応なのに」

「それは考え方が逆」

「逆？と、いいますと」

「古瀬さんが、へたしたら自分に危害を加えかねないやつだからこそ利用価値があると踏んだのよ、金栗さんは。だって、もしもこれが虫も殺せぬ人畜無害タイプだったとしたら金栗さんが、どう言葉巧みに操って唆《そそのか》そうとも、彼に時広を殺害させるなんて、どだいむりな注文でしょ」

「なるほど。たしかに……でも彼女が玄関の扉さえ開けなければ、土曜日はなにごともなく、無事に終わっていたのに」

「それは五分五分かな。仮に金栗さんが鍵を開けるのを拒《こば》んでいたとしたら、邸内を覗き込んでいた古瀬さんはその態度に逆上し、ガラス戸を破るかどうかしてまで侵入していたかもしれない」

「そこまでやっていたでしょうか」

「判らない。けれど、仮に古瀬さんたちがそういう強行突破に及んでいた場合は、異変を察した正広くんや時広がすぐさまやってくるだろうから。少なくとも金栗さんが自分で玄関を開けたときとは状況が大きく変わり、異なる結末になっていたはず」

「異なる結末……」

「住居侵入犯たちとの大立ち回りにはなっていても、殺人事件にまでは発展しなかった可能性がある、ってこと。つまり、金栗さんは少なくとも命は落とさずに済んでいた……んじゃないかな」

＊

翌年。二〇二〇年、一月某日。

午前零時《れいじ》過ぎ。暖房を利《き》かせている〈KUSHIMOTO〉で、わたしは店仕舞《じま》いをしていた。

客はいない。バイトのモモちゃんも、すでに帰宅している。

消音にしたテレビがモノクロの洋画の映像を流している。イングリッド・バーグマンの『ガス燈』だ。

彼女の夫役であるシャルル・ボワイエがなにやら血相を変え、妻を責めたてているとおぼしきシーン。

からん、とカウベルが鳴った。

「いいかな、まだ？」

入ってきたのは時広だ。ネクタイを緩めたスーツ姿。

「いいけど。表にCLOSEDのプレートを掛けておいて」

言われたとおりにした兄はコートを脱いで、カウンター席に腰を下ろす。なんだか顔が青白い。

「スモークサーモンのサラダがあるよ」

「お。それはラッキーだ。いっしょに白ワインを頼む。ボトルで」

ご要望通りにしてやったのに、時広ったら妙におざなりな微笑《ほほえ》み。そして深々と嘆息《たんそく》した。

「どうしたの」

「……正広のことだ」

「どんな様子？」

「もう五ヶ月も経つっていうのに全然、立ちなおれていないみたいで」

「五年というのならまだしも、まだ、たった五ヶ月だよ。そう簡単に忘れられるわけないじゃない、金栗さんのこと」

「早く気持ちを切り換《か》えて、新しい彼女でもつくってくれるといいんだが」

兄の視線が、つとテレビ画面のほうへ流れる。「またずいぶんと古い映画を。これ、一九四〇年頃のだろ？　あ。いや、それはイギリス版のほうか。こちらはアメリカ版だから、四四年だっけ」

めずらしく細かいトリビアを披露する彼に、わたしはテレビのリモコンを手渡す。「他に観《み》たい番組があるなら、どうぞ」

一旦は受け取ったリモコンを時広は、すぐにカウンターに置く。「いや、別に」

「一杯もらっていい？」

「どんどんやってくれ」

ボトルから自分のグラスに白を注ぐわたし。

「兄さん」

「ん」

「この前、年末にこの店へ来てくれていたわよ、猪狩真須美さんが。お友だちたちといっしょに」

「お。そうなんだ」

「兄さんが薦《すす》めてくれたんだって？　妹がやっている店だから、みんなも贔屓《ひいき》にしてやってくれ、って」

「そういえば猪狩さんにも、しばらく会っていないが。元気そうだったか」

「社長にはいつもお世話になっております、って。それはそれはご丁寧に。感じのいいひとだね」

「うん。そうだろ」

「兄さんが再婚相手として名前を使わせてもらいたがったのにも納得」

「そうだろそうだろ」

「潜在願望が滲《にじ》み出てたんだね」

「そうだろそうだ……って、なんだ、潜在願望って」

「けれど彼女、ちょっと変なことも言っていた」

「なんだ」

「雑談ついでにわたし、猪狩さんにあやまったのよ。その節は兄の変な遊びに付き合わせちゃってごめんなさいね、と。そしたら彼女、ぴんとこないふうなの。時広の嘘の再婚話で猪狩さんの名前を使わせてもらったことだと説明しても、首を傾《かし》げるばかり」

「ふむ」

「挙げ句に彼女、こう断言した。それはきっと社長、他のどなたかとかんちがいされていると思います……って」

「ふうん」

淡々とワイングラスを傾ける兄。

「そんな話をしているうちに猪狩さん、憶《おも》い出しました、と言って。そういえば去年の八月に、お店のお客さんである古瀬さんに誘われて、以前に別の勤め先で同僚だったことのある女性といっしょに三人で〈ホテル・トコヨ〉へ食事に行ったんです、と」

時広は黙々と、ボトルから自分のグラスへ白を注ぐ。

「食事の後、川床のカフェで久志本社長にたまたまお会いして、ちょこっとお話しさせていただきました……と。猪狩さんは、そう言ったのよ」

それまで逸《そ》らし加減だった視線を、わたしのほうへ向ける兄。

「猪狩さん曰《いわ》く、社長はいま、この近くの別荘に身内で集まり、息子さんのフィアンセのお披露目パーティーを今夜催す予定だと、おっしゃっていました……と」

笑おうかどうしようか迷っているかのように、時広は唇の端《はし》をひん曲げる。

「古瀬さんとあの犯人の女は、猪狩さんの横でその話を聞いていたからこそあの夜、別荘へ押しかけてきた。別荘の場所は、兄さんに招待されたことのある猪狩さんから聞き出したんでしょうね」

「刻子」

「なあに」

「おまえ、その話のなにを、それほど気にしているんだ。気にしていることがあるとして、だが」

「兄さんはあの日、〈ホテル・トコヨ〉の川床のカフェで偶然、猪狩真須美さんに遭遇した、けれど彼女には連れがいたので声をかけるのは遠慮して、離れたテーブルからの会釈に留めた……そう言ったじゃない」

「よく憶《おぼ》えているな」

「なぜこれほど猪狩さんと兄さんの話の内容が喰いちがっているのか」

「喰いちがう、なんてほどのことかな」

「仮に猪狩さんの記憶のほうが正しいとしたら、なぜあんな、つかなくてもいいような嘘をつく必要が兄さんにはあったのか?」

「意図的に嘘をついたわけでもなんでもない。単に酔っぱらって、あらぬことを口走っただけさ」

わたしが自分用にハイボールをつくるあいだ、白《しら》けたような沈黙が下りる。

「……嘘をつく必要はあったんだ」

「どんな」

「あの日の兄さんの心理状態をできる限りトレースしてみて、ひょっとしたら、これかな? という仮説に思い当たった」

「仮説とはまた、なんだか大仰《おおぎょう》な」

「これから別荘で身内が集まり、正広くんと金栗さんの婚約祝いのパーティーが開かれる予定であると兄さんは自ら、犯人たちに教えてしまった」

正確には「犯人と古瀬さん」だが、わたしは敢《あ》えて「犯人たち」という言い方をしておくことにした。

「そして、それこそが金栗さんが殺され、古瀬さんが殺されるという惨事を引き起こすトリガーになってしまった……」

時広は眼を瞑《つむ》った。身体を微かに揺らしながら、首を横に振る。

「その負い目。後ろめたさが兄さんに、あの嘘をつかせた。猪狩さんに、遭遇はしたが、会釈しただけで言葉はなにも交わしてはいない、と」

わたしは厨房《ちゅうぼう》を出た。ハイボールのグラスを持って、兄の隣りに座る。リモコンでテレビを消した。

「……というわたしの仮説を聞いて、なにか矛盾《むじゅん》を感じない？」

「感じるとも。猪狩さんとは会釈しただけだったと、わしが言ったのはあの夜の九時前。犯人たちが別荘へ押し入ってくるよりも一時間以上も前の話じゃないか」

カウンターに頰杖《ほおづえ》をつき、わたしのほうを上眼遣《うわめづか》いに窺ってくる。

「もしもわしが後ろめたさゆえにそんな嘘をついたのだとしたら、まるでその時点で、金栗恵麻と古瀬という男が刺殺されるという未来を、あらかじめ承知していたかのようじゃないか」

「まさにそのとおり。兄さんは知っていた。予知していたんだ」

「刻子、おまえ……」

にじり寄るように身を乗り出し、わたしの顔を覗き込んでくる兄。

「もしかして、おまえも？」

「ええ。ときおり、ね。未来に起こるはずの出来事を事前に夢で見ることがある。モトくんといっしょに」

「え。素央と？」

モトくんが見る予知夢と、わたしの見る予知夢が常にシンクロしているということを、ざっくりと説明。

「……なるほど。そうか、素央も。それはきっと年枝姉さんの遺伝だな」

「というと、姉さんにも同じ能力があったの？」

「姉さんと直接そんな話をしたことは一度もないんだが……ひょっとしたらそうなんじゃないか、と思わせる場面はいくつかあった。子どもの頃から」

「すると正広くんは？　わたしたちと同じように予知夢を見るのかしら。それこそ兄さんの遺伝で」

「どうかな。いつだったか、それとなく仄《ほの》めかすかたちで水を向けてみたことはあるんだが。どうも正広は、ぴんときていないみたいだった」

「甥と叔母であるモトくんとわたしの予知夢がシンクロするように、父親と息子である兄さんと正広くんの予知夢もシンクロしたりするのかな、と思ったんだけど」

「多分ないな、それは」

わたしとしては正広くんが己れに起こる予知夢という現象について黙っているだけ、という可能性も捨て切れなかったが、いまは別のことを確認しなければならない。

「去年の八月十七日の土曜日、わたしたちが集まった別荘でなにが起こるか、兄さんも予知していた」

「そこが実は、なんというか、ちょっと複雑なんだが……」

ボトルは半分以上、空になっている。

「わしが問題の予知夢を見たのは、八月十日の土曜日だった」

ということはモトくんとわたしが、八月十二日から二十一日にかけて起こるはずだった未来を幻視する前日だ。いや、正確には前々日か。

どうやら兄の予知夢はわたしたちのそれとは似て非なるものというか、少し異なるシステムの下《もと》、機能しているようだ。少なくともモトくんとわたしの予知夢とはシンクロしていないことになる。

「夢のなかでわしはこの店へ来る。そしておまえに頼むんだ。正広とわしのダブル婚約祝いという口実でみんなを別荘に集め、そこで素央と桃香ちゃんを秘密の隠れ処のほうへふたりきりで置き去りにする。そんな計画を立てている。ついては刻子、この全員グルのお芝居におまえも協力して欲しい、と」

その提案劇は、実際の八月十一日の日曜日にも起こったことだ。

「しかしそのとき、わしは自分がなぜそんな発案をしたのか、なにを考えているのか、さっぱり判らなかった」

「よくあることだよね、予知夢のなかでは。事象の前後関係がすっ飛ばされているものだから、そのときの自分自身の言動が理解できなかったりする」

「もちろんそれもあるんだが……なんと説明したものかな。素央と桃香ちゃんを隠れ処でふたりきりにさせる……？　自分はいったいなんのために、そんなめんどくさい茶番を企んでいるのか。そもそもどこから、そういう発想が湧いて出てきたのか。実は未《いま》だに不明だと言ってもいい」

「え。どういう意味？」

「あの日、わしはおまえにこう言った。もしも素央と桃香ちゃんが互いに好き合っているのなら、難しいことは考えないで、その想いを結実させる道を模索すべきじゃないか、となんとか。そういう意味のご託を」

「それがモモちゃんとモトくんを、外部から干渉されない環境でふたりきりにさせようとした理由じゃないの？」

時広は答えなかった。少なくとも肯定はしない。

「自分でも理由が判らないまま、おまえに協力を頼んだ。おまえは一旦は断ったが、なにを思ったのか、隠れ処へ置き去りにする前にふたりのスマホを隠しておくことなどを条件に、引き受けてくれて」

ここで時広の予知夢は一旦、途切《とぎ》れる。

「そこで目が覚めて、やがて実際の八月十七日、土曜日になった……と思ったら、それはまだ予知夢の続きだったんだが」

そう。モトくんとわたしの予知夢と同じ、入れ子構造だ。

「予知夢のなかで、さらに眠って予知夢を見ていたんだな。そこで……」

「なにがあったの」

「土曜日。正広が首尾よく素央と桃香ちゃんを隠れ処へと誘い込んだ後のことだ。ふたりのいない別荘で正広と金栗恵麻、みらのちゃんとおまえの、わしら五人でディナーをいただいた。そのときのスモークサーモンも実に美味だった」

「それはそれは、ようございました」

「わしはすっかりいい気分で自分の部屋へ引っ込み、うつらうつらしていた。そしたら突然、インタホンの呼び出し音が鳴る。別荘の裏口からだった」

「それは……」

時広は白ワインのボトルを一瞥《いちべつ》。

「モニターを見てみると、なんと、隠れ処のほうにいるはずの桃香ちゃんじゃないか。どうしたのかと訊いたら、緊急事態なので、なかへ入れてください、すぐにそちらのお部屋へ伺います、と」

「で、どうしたの」

「わけが判らなかったが、とにかくオートロックを解錠した。ほどなくして桃香ちゃんがわしの部屋へやってきた」

「そして彼女は……別荘の周囲をうろついている不審者について注意を喚起した？」

時広は今度は頷いて、まだ空になっていないボトルを顎の高さに持ち上げてみせる。

「赤を、くれないか」

わたしは立ち上がり、赤ワインのボトルを持ってきた。

「桃香ちゃんが息せき切って言うには、いま隠れ処の周辺で不審者を目撃した。それが実はおトキさんの店の常連でもある古瀬という男だ、と」

「モモちゃん、そう言ったの？　古瀬さんの名前をはっきり？」

「ああ。この古瀬なる人物は基本的に愛想はいいが、女性たちに接する態度にかなり問題がある。無自覚なセクハラやモラハラがエスカレートして、ストーキングまがいの問題行動に及ぶこともたびたびだ。そしてその被害に他ならぬ金栗恵麻も現在進行形で遭っている、と」

その悩み相談をモモちゃんは常日頃から、同級生というよしみもあり、金栗さんから受けていたわけだ。実は。

「そんな男がいきなりこんな時間帯に、市街地からこれほど遠く離れた場所、しかも大叔父さん所有の隠れ処の近辺に出現した。ひょっとしたら古瀬は、金栗さんが隠れ処のほうに滞在していると思い込み、なにかよこしまな思惑をもって様子を見にきたんじゃないだろうか、と」

「つかぬことを訊くけど、兄さん、別荘じゃなくて隠れ処のほうへ猪狩真須美さんを招待したことはないの？」

ごほん、と咳払いする兄。ボトルから直接注いだ赤を一気に飲み干す。

「あるのね。なるほど。古瀬さんとあの女は別荘の場所だけじゃなく、隠れ処の存在も猪狩さんから聞き出していたわけだ」

「桃香ちゃんが言うには、古瀬とのトラブルを相談する際、金栗恵麻はかなり怯《おび》えていたらしい。ああいう一見腰の低そうな男は自分の思い通りにことが運ばないとなると豹変《ひょうへん》しかねない、と。執念深く付きまとわれ最悪、危害を加えられるかもしれない。かなり真剣にそう不安がっていたんだそうだ」

「それでモモちゃん、これはまずい、と焦ったのね。隠れ処の様子を窺って、どうやらここに金栗さんはいないようだと見切った古瀬さんは、今度は別荘のほうへ向かうかもしれない、と」

「素直に感心するよ。決して外見で判断しているわけじゃないが、いつもながら俠気《おとこぎ》のある娘だ、桃香ちゃんは」

「隠れ処から別荘まで車で三十分以上かかるとモモちゃんはその段階ではそう思い込んでいたけれど、とにかく最悪の事態だけは喰い止めなきゃと長距離、長時間の移動も覚悟して、古瀬さんの後を追いかけた」

「そしたら五分もかからないで別荘へ舞い戻ってきたものだから、さぞかし呆気《あっけ》にとられただろうな」

「モモちゃんは、ひとりで古瀬さんを追いかけてきたの？」

「いや、素央といっしょに来た、と言っていた。ただ、古瀬という男についてちゃんと説明する余裕はなかったから、わけも判らずに、とにかく付いてきてもらった、みたいな意味のことも言っていた」

なるほど。モモちゃんに遅れて邸内に入ったモトくんは正広くんに遭遇するが、時広からの館内電話や金栗さんがいないことを訴えられても受け応《こた》えのピントがいまいちズレていたのは、そういうわけだったのだ。

モモちゃんの古瀬さん追跡劇は金栗さんの身を案じてのことだと、モトくんがきちんと把握していたら、あの場面での正広くんとのやりとりの様相はまた異なるものになっていただろう。

「素央は道に迷ったかどうかしたのか事情はよく判らないが、ちょっと遅れをとったんだろうな、桃香ちゃんと話していたら再び裏口から呼び出しがあって。モニターを見たら素央だったから、すぐに入れてやった」

「モモちゃんの注意を受けた兄さんは、すぐに館内電話で正広くんに連絡をし、金栗さんは無事かどうかを確認した」

「よく知っているな」

「こちらはこちらの予知夢のなかで、正広くんから聞いた」

「なるほど。いま説明している、あり得たかもしれない土曜日の夜の出来事の第一ヴァージョンは、そちらの予知夢のなかでも、ひととおり起こっているわけか」

第一ヴァージョンとは、多重に入れ子構造になった予知夢のそれぞれの内容の分類方法としては判りやすい呼称かも。

「兄さんの部屋を出たモモちゃんは、その足でみらちゃんの部屋へ入る」

「その部分はわたしは見ていないから、なんとも言えないが」

「そしてモモちゃんと入れ替わりに、兄さんの部屋へやってきたのね……金栗さんが」

「ああ、そうだ」

「どういう口実で？」

「至急、お義父《とう》さまにご相談したいことがありまして、とかなんとか」

「で、彼女を部屋へ招き入れた」

「たったいま桃香ちゃんから、剣呑《けんのん》な話を聞かされたばかりだったからな」

「だよね。兄さんとしてはその相談というのは、モモちゃんが目撃したという不審者、すなわち古瀬さん絡《がら》みのことかと、とっさにそう思うもの」

「そしたらいきなり、なにかで頭を殴られた。なんだったのかは判らないが、かなり激しく、容赦なく力を込めた感じだった。意識が遠のきそうになっているところを、これまたなんだったのかまでは判らないが、紐《ひも》状のものを首に巻きつけられて……」

「それで……」

「すべてが暗転した」

当然のことだが、自分が殺された後でさらにモモちゃんや正広くん、モトくんとみらちゃん、みんなが金栗さんに殺害されたことを時広は知らないわけだ。

その「無かったことになった土曜日」の惨劇の詳細を、わたしは敢えて時広には説明しなかった。

いまさら兄がその詳細を知ったところで詮《せん》ないことだし、それ以上に、なにか嫌な予感を覚えたからだ。

「自分は死んだんだな……と思ったら、まだ予知夢の続きだった」

予知夢のなかのさらに予知夢。入れ子構造になっている内容の、ここからはさしずめ第二ヴァージョンといったところか。

「再び八月十七日の土曜日。厳密にはその前日からか。素央がなにか急用で上京しなければならなくなったと、別荘でのパーティーをキャンセルしてきた」

「これから飛行機が出発するところです、と空港から電話をかけてきて」

「それも知っているということは、わしらの予知夢というのは、起こるはずだったのに結局起こらなかったことになってしまった部分も含めて、互いに重なるところが多そうだな。思ったよりも」

「モトくんが来られなくなった代わりに、みらちゃんが同じ大学の彼氏という男の子を別荘へ連れてきた？」

「そうだ」

「正広くんのフィアンセの……厳密にはその時点ですでに入籍済みだったわけだけど……お披露目も無事に終わった」

「そのとおり」

「誰も殺されたりすることなく」

「これが八月十七日、土曜日の確定したかたちだとしたら、もうなにも心配する必要もないと、ひと安心していたら、まだまだ夢の途中だった」

入れ子は三重構造のマトリョーシカだったわけだ。

モトくんとわたしの予知夢も三重構造だった。ただしわたしたちの場合、土曜日に関する予知は第一ヴァージョンと第二ヴァージョンまでで、三つ目の内容は二十一日の分、すなわちモトくんとわたしが事件の検証のための推理ディスカッションをするシーンだったため、ちょっと混乱したのだ。

同じ三重構造でも、時広はそのすべてで土曜日の分を予知した。第三ヴァージョンのストーリーに突入した時広の主観としては、同じ日が三たび反復されているかのような錯覚に陥ったことだろう。

「同じ八月十七日の土曜日。第三ヴァージョンなんだが……」

厳密には、ここからがすでに「現実として確定している八月十七日」なのだ。

モトくんとわたしは、この第三ヴァージョンに当たるストーリーを予知夢では見ていない。なんの予備知識もないまま、現実の土曜日として体験した。

しかし時広だけは、この「現実として確定している土曜日」の出来事を事前に幻視していたのだ。

「そこでは前回のヴァージョンではキャンセルしていたはずの素央も別荘へ来ていた。みらのちゃんの彼氏は来ていない。第一ヴァージョンとはかなり様子が異なっていた。別荘で起こった事件も含めて……」

「兄さんは金栗さんに殺されることはなかった。代わりに、その金栗さんと古瀬さんが殺された」

「第一ヴァージョンと第三ヴァージョンの予知夢は、素央が予定をキャンセルせずに別荘へやってくる。そして桃香ちゃんといっしょに隠れ処のほうで過ごす。そのメインの条件設定は同じなのに、なぜこんなにも異なる結末を迎えるのか。その原因は未だに、まったくの謎なんだが……」

それはおそらく、モトくんとわたしの予知夢がなんらかのかたちで干渉したのが主な要因だろう。

時広の予知夢は、モトくんとわたしの予知夢とはシンクロしていない、と前述した。実際モトくんとわたしは、金栗さんと古瀬さんが殺害されるという未来は予知しなかった。最終的に土曜日にはいったいなにが起こるのか、まったく予測がつかないまま言わば、ぶっつけ本番に臨《のぞ》んだ恰好である。

いっぽうの時広は、第三ヴァージョンのストーリーで実際の土曜日の出来事を予知していた。

具体的なメカニズムは不明なものの、わたしがみらちゃんを連れて隠れ処を訪れるという、第一ヴァージョンと第三ヴァージョンの決定的相違に当たる歴史改変を敢行したことこそが時広の予知夢に影響を与えたことはまず、まちがいあるまい。

「そのときも、わしは未だに、自分はどうして素央と桃香ちゃんを隠れ処でふたりきりで過ごさせよう、なんて考えたのか、さっぱり判らなかった」

「でも、あのとき、兄さんは……」

「そう。第三ヴァージョンの未来のなかの自分がおまえにこう言っているのを聞いて、納得したんだ。素央と桃香ちゃんが好き合っているのならその想いを結実させるべく道を模索しなければならない。なるほどな、と思ったよ。わしが心からそう考えているかどうかは別として、まことにもっともらしい言説《げんせつ》じゃないか、と」

わしが心からそう考えているかどうかは別として……それは、なんだかひどく引っかかる言い方だった。

「その三重構造の予知夢。第一ヴァージョンから第三ヴァージョンまでのストーリーを入れ子の三重構造でまとめて兄さんが見たのは……八月十日の土曜日だった。そう言ったわよね？」

時広は答えない。

なんの反応も示さない。塑像《そぞう》のように固まってしまった。

「三重構造の予知夢を兄さんが見たのは、八月十日の土曜日だった。まちがいないよね。そしてその翌日に……十一日の日曜日に兄さんはここへ来て、わたしに自分が企んだお芝居の協力を要請した……なぜ？」

時広は答えない。わたしから眼を逸らしたまま。

「あのとき、そもそもお芝居自体を中止していれば、別荘での惨劇は防げていたはず。換言《かんげん》すれば、モトくんがパーティーをキャンセルするという第二ヴァージョンに近いストーリーを選んでさえいれば、あの日、誰も死なずに済んでいた……そういう理屈になる。そうだよね？」

時広は立ち上がった。

コートを羽織《はお》る。

「兄さんには、それができた。お芝居の計画そのものをご破算《はさん》にして惨劇の未来を改変することが。いえ、敢えてこう言うわ。兄さんにしか、それはできなかった」

黙ったままわたしに背を向け、店から出て行こうとする時広。

「なのに兄さんは、そのまま自分のシナリオ、すなわち第三ヴァージョンのストーリーを進めてしまった」

扉に伸ばしかけた手を止めた時広は、その場に佇《たたず》む。

「それは、なぜ？」

ズボンのポケットに両手を突っ込んだ姿勢のまま、時広は振り返らない。

「それは、なぜなの？」

そうくり返したわたしは核心中の核心を、ついに言い放つ。

これほどの痛苦を伴《ともな》う発声はもう二度とありませんように、と内心慟哭《どうこく》しながら。

「……金栗さんと古瀬さんが殺されるという未来を、現実として確定させるため？」

振り返らないまま時広は、まるで独りごちるかのように呟いた。

「金栗恵麻はいずれ、わしと正広を亡き者にするつもりだった。そういう邪悪な女だったんだ。それは刻子、おまえだって認めざるを得まい？」

今度はわたしが言葉を失う。

「実際、金栗恵麻は機会さえあれば躊躇《ためら》いなく、家族となった人間の命を奪う女だった。それは予知夢のなかで、わしが身をもって体験したとおりだ。そのことはおまえだって、否定しようはあるまい」

わたしはただ凍りつく。

これまで聞いたことがないほど冷たい兄の声音に。

「そんな女を、黙って指を銜《くわ》えて放っておけると思うか。のうのうと正広の妻の立場に居座らせておけると思うのか」

「だけど……」

「自分でもわけが判らなかったが、そもそもはそれが目的の発案だったんだな」

「なんの話？」

「素央と桃香ちゃんを隠れ処でふたりきりにさせる、というプラン」

ぞッ……と総毛立ってしまった。

「そんな発想がいったいどこから湧いて出てきたのか。己れの思考経路は未だに不明だ。しかしその結果、どうなったのかを見てみれば答えは明らかさ。判るだろ？」

いま自分が対峙《たいじ》しているのが何者なのかを一瞬、見失いそうになる。

「あの日、素央が別荘へ来なければ、すべては平穏無事に終わる。だが、別荘へやってきた素央を、わしの計画通りに桃香ちゃんと隠れ処でふたりきりにすれば、その結果として……」

　時広の声に痰《たん》が絡む。

「その結果として、あの女は死ぬ。そうさ。それこそが、わしの目的だったんだ。ふたりを隠れ処に置き去りにする。たったそれだけのことで事象のドミノ倒しが起こる。ドミノ倒しの結果、金栗恵麻は死ぬ。そうとも。わしが自分でもわけの判らぬお芝居を計画したのは、その結末を予知していたからだ。すべてはあの邪悪な女を、この世から抹殺するためだったんだ」

「そんな……その結末を知っていながら、そしてそれを自分だけが止められる身でありながら、止めようともせず、当初のシナリオを押し進めた、だなんて」

　もしもおまえがわしの立場だったら、どうしていたと思うんだ……次はそんな質問が来ることを覚悟していたわたしは、兄の放ったひとことに虚《きょ》を衝《つ》かれる。

「さしずめ、裏返しのガスライティング、ってやつかな」

「……なんですって?」

「いま、おまえが観ていた映画さ。『ガス燈』が由来となったガスライティングとは本来、記憶や知覚の錯誤によって被害者が自身の正気を疑うように仕向ける手法だ。犯人は点滅するはずのないガス燈を点滅させるなどの小細工によって、ヒロインを精神的に追い詰めてゆく。意図的に誤った情報を与えたりすることで、相手の現実認識能力を狂わせる。言わば心理的虐待。が、この手法をそのまま逆手《さかて》に取れば、それは心理的救済にもなり得るのかもしれん……少なくとも、わしにとっては。そう、それは心の救済だった……わしにとっては」

「なにを……な、なにを言っているのよ、いったい」

「単純な話さ。映画のヒロインは、おまえは異常だ、異常だ、と犯人に責め続けられることで精神的に変調をきたす。わしはその裏返しを自分に対してするだけ。すなわち、なにをやろうとも自分は正常だ、正常だ、まともなんだ……と」

兄がなにを言っているのか、理解できない。できなくても、彼がまともでないことは感じ取れる。

「……長く生き過ぎた」

「え？」

「金栗恵麻のことじゃない。わしだ。長く生き過ぎたんだ、わしは」

「どういうこと」

「思えば、もっと前に……六年前に人生の幕引きをしておくべきだったかもしれない」

六年前……？　六年前、って。あ。

「兄さん……」

……まさか？

六年前に、なにがあったか。思い当たる重大事件は、ただひとつ。

有末果緒さんが、モモちゃんの実父とされる轟木克巳に殺害された……しかも時広が果緒さんの個人情報を犯人にリークしたことによって。

「に、兄さんッ」

「わしには判っていた。知っていたんだ、あの男がなにをしようとしているかを。有末果緒の居場所を突き止めた後、彼女になにをするつもりなのかを、ちゃんと知っていたんだ……予知夢によって」

「まさか……ま、まさか、なのに敢えて……敢えて轟木克巳に？　果緒さんの連絡先を教えたというの？」

からん、とカウベルが鳴る。

「待ちなさいよッ。なぜ？　なぜそんなことをしたのッ。なぜ？　果緒さんの身になにが起こるかを予知していながらどうして、そんなひどい、愚かな真似を……」

「ひとことで言って……赦《ゆる》せなかったから、かな」

開けかけた扉を閉めた拍子に、再びカウベルが鳴る。それがひどく耳障《ざわ》りだ。

「ゆるせなかった……って。果緒さんを？　兄さんが？」

「年枝姉さんを心身ともに支配している、あの女のことが赦せなかった」

「兄さんッ」

わたしは身も世もなく絶叫した。

へたしたらご近所さんが驚いて、警察に通報しかねないほどの声で。

「姉さんはどうかしていた。夫のいる身でありながら、歳若い女と道ならぬ関係を結ぶなんて。それだけじゃない。たったひとりの息子をその女と結婚させる、だなんて。正気の沙汰《さた》じゃない。まともな人間のすることじゃない」

わしの言うことはまちがっているか？　もしもそう問われたら全力でまちがっているに決まっていると叫んでやるつもりのわたしだったが。

「あの女が狂わせたんだ、なにもかも。年枝姉さんのすべてを。姉さんが、まっとうな人間として生きる道のすべてを、彼女が潰《つぶ》してしまったんだ」

からん、とカウベルが鳴った。

「時広……」

扉を大きく開けて出てゆく兄の背中に、こう峻拒《しゅんきょ》の言葉を投げつけるのがいまのわたしには、せいいっぱいだった。

「もう二度と来ないでちょうだい」

兄の身体が少し揺れる。

それはわたしの言葉に頷いているようにも、あるいは単に肩を竦めているようにも見えた。

店から出てゆく。

それがわたしが生きている彼の姿を見る最後となった。

注　本書は、令和四年三月に書下ろし単行本として刊行された作品です。なお、この作品はフィクションであり、登場する人物および団体は、実在するものといっさい関係ありません。

——編集部

COMMENTARY　特殊設定ミステリの先駆者　小説家・市川憂人《いちかわゆうと》

妹の死を阻止《そし》すべく、同じ時間軸を何度も遡行《そこう》しながら真相を探る、『2025本格ミステリ・ベスト10』ランクインの南海遊《みなみあそう》『永劫館超連続殺人事件』。

が、この「タイムループ×本格推理」という組み合わせには先例がある。西澤保彦《にしざわやすひこ》の代表作『七回死んだ男』（一九九五年）である。

人間の身体《からだ》を乗っ取る〈蛇〉が、生贄《いけにえ》を集めた矢先に想定外の惨劇に直面する、松城《まつしろ》明《あきら》『蛇影《だえい》の館』（二〇二四年）。

しかし、「誰の身体に誰が入っているか解らない状況下での殺人事件」には、やはり先例がある。西澤保彦『人格転移の殺人』（一九九六年）である。

主人公の「他者を名探偵にする能力」によって、事件が鮮やかに（勝手に）解決する、大山誠一郎《おおやませいいちろう》『ワトソン力《りょく》』（二〇二〇年）。

だが何と、この奇抜な設定にも先例がある。西澤保彦『完全無欠の名探偵』（一九九五年）である。

先例があること自体は、非難されるべきものでも何でもない。そんなことを言っていたら古今東西の名探偵はシャーロック・ホームズの剽窃《ひょうせつ》になってしまう。

ただ、綾辻行人《あやつじゆきと》『十角館の殺人』（一九八七年）に始まる新本格ムーブメントをほぼリアルタイムで追いかけ、西澤作品の虜《とりこ》となった身としては、近年の「特殊設定ミステリ」の隆盛やそれを巡る言説を目にするたびに、ついつい返したくなってしまうのである。

——それは、西澤保彦が三十年前に通過した場所だ、と。


三十年前とは比喩《ひゆ》ではない。西澤がデビューしたのは一九九五年。本解説執筆時点からちょうど三十年前になる。前年に京極夏彦《きょうごくなつひこ》が『姑獲鳥《うぶめ》の夏』で話題をさらい、翌年に森《もり》博嗣《ひろし》が『すべてがFになる』で第一回メフィスト賞を受賞するという恐るべき時代に現れた西澤は、京極や森とともにそれぞれ独自の作風で矢継《やつ》ぎ早《ばや》に新作を送り出し、「京極以後」の新本格ムーブメントを盛り立てていった。

……のだが、後《のち》にデビュー作が映像化されるに至った京極や森と比《くら》べると、西澤が推理小説史に刻んだ足跡《そくせき》は、一般読者どころかミステリ界の中でさえ、単独ではあまり詳《くわ》しく論じられてこなかったように思われる——その際立《きわだ》った作風にもかかわらず。

西澤の「際立った作風」。そのひとつこそ冒頭で触れた「特殊設定ミステリ」である。

厳密に定義するのは実は難しいのだが、本解説では、「時間遡行や超能力などの『現実世界ではありえない設定』を軸に書かれた推理小説」をそう呼ぶことにしよう。

「何度繰り返しても同じ未来に行き着いてしまう騒乱劇」の中に、巧妙な伏線と驚きの真相が隠された『七回死んだ男』。「次々に人格がスライドする異常事態」でのみ成立するロジックで、意外な犯人を言い当てる『人格転移の殺人』。「なぜ超能力で密室を作ったのか」という奇抜なホワイダニットを描く『念力密室!』……等々、西澤はデビュー直後から多くの特殊設定ミステリ——当時はまだこの呼び名もなかった——を手掛けてきた。

もちろん、西澤以前に特殊設定ミステリが存在しなかったわけではない。一九八九年には山口雅也《やまぐちまさや》が『生ける屍《しかばね》の死』で「死者が復活する世界での殺人事件」を描いている。さらに時代を遡《さかのぼ》り、SFという「科学主体の特殊設定」に目を向ければ、ジェイムズ・P・ホーガン『星を継ぐもの』(一九七七年)に代表される名作に巡り会える。

が、国内新本格ムーブメントにおいて特殊設定ミステリを最も多く上梓《じょうし》したのは誰か、と問われたら、その答えは間違いなく西澤保彦である。

デビュー後十年間の著書三十八冊のうち——推理小説で年平均三、四冊というペースも驚異的だが——およそ半数で特殊設定を扱っているのだ。「現実世界では不可能な謎解き」を、三十年前からひたすら掘り下げ続けた西澤の功績はもっと評価されてよい。

ただでさえ、特殊設定ミステリ作家としての西澤は、孤軍奮闘に近かったのだから。

他の作家による特殊設定ミステリ、あるいはそれに類する作品が、西澤以後に皆無《かいむ》だったと言えば嘘《うそ》になる。北山猛邦《きたやまたけくに》『「クロック城」殺人事件』(二〇〇二年)や三津田信三《みつだしんぞう》

『厭魅《まじもの》の如き憑くもの』（二〇〇六年）など、特異な状況やホラー要素を取り入れた作品も少なくない。が、その多くは「非現実的な要素」と「推理小説としての真相」が分離しており、西澤のように「現実を超越した設定をベースにしてロジックやプロットを組み立てる」タイプの書き手は、ゼロ年代まで後継者不足が長く続いた。

その理由は想像に任《まか》せるしかないが、突飛な設定に基《もと》づいて推理を構築し続けること自体が多大な労力を要すること、何より、西澤のあまりに特異な立ち位置が、他の作家に二の足を踏ませたのかもしれない。西澤自身も二〇〇〇年代終盤以降、腕貫《うでぬき》探偵シリーズやぬいぐるみ警部シリーズなどの、特殊設定に依存しない作品に軸足を移していく。

状況が変わり始めるのは二〇一〇年代からである。白井智之《しらいともゆき》『人間の顔は食べづらい』（二〇一四年）、今村昌弘《いまむらまさひろ》『屍人荘《しじんそう》の殺人』（二〇一七年）、阿津川辰海《あつかわたつみ》『名探偵は嘘をつかない』（二〇一七年）、方丈貴恵《ほうじょうきえ》『時空旅行者の砂時計』（二〇一九年）……多くの新人が綺羅星《きらほし》のごとく特殊設定ミステリでデビューし、特殊設定ミステリでランキングを席巻《せっけん》していく存在となる。

そして他の作家たちも、青崎有吾《あおさきゆうご》「アンデッドガール・マーダーファルス」シリーズ（二〇一五年〜）、青柳碧人《あおやぎあいと》『むかしむかしあるところに、死体がありました。』（二〇一九年）など、続々と特殊設定ミステリを手掛けていく。

西澤の登場から十年単位の歳月をかけてようやく、特殊設定は当たり前のように推理小説に取り入れられ、特殊設定ミステリをメインとした作家たちが現れ始めたのである。

このタイムラグの要因も憶測で語るしかない。西澤の影響を明言した作家も少ない。推理小説における特殊設定は、謎解きそのものの根幹に食い込む「新しい理論」であり、読み手や書き手に受け入れられるまでには相応の成熟期間を必要としたのだろう。

特殊設定ミステリの隆盛に呼応するように、先駆者の西澤も路線を戻していく。二〇一八年の『幽霊たち』から二〇二四年の『ファイナル・ウィッシュ』までの著書十二冊のうち、実に九冊で何らかの特殊設定が扱われている。

……といったところでようやく本題に入る。

本書『パラレル・フィクショナル』は、西澤が「原点回帰」を軌道に乗せた二〇二二年、特殊設定ミステリの〈決定的傑作〉（単行本版帯より）として刊行された作品である。

語り手の刻子《ときこ》と甥《おい》の素央《もとお》は、「親族内のパーティーで大量殺人が起こる」という予知夢を同時に見てしまう。二人は惨劇を回避すべく、各々の思惑《おもわく》を胸に行動に出るが——

と書くと、「おお、結構王道じゃん」と思われる読者も今は多いかもしれない。だがそこは先駆者の面目躍如《めんもくやくじょ》。物語は「予知夢を見る」ところからではなく、刻子と素央が行動に移った後、すべてが終わって二人が予知夢を振り返る形で進む。「現実にはその通りにならなかった事件を、『回想』しながら紐解《ひもと》いていく」スタイルがまず面白い。

予知夢は前後の説明なく場面が見えるだけであり、その時点での意識や記憶までは再現しない、というディテールも効いている。他者だけでなく自分自身の行動すら、予知夢の中の断片的な情報から推《お》し量《はか》るしかないのである。さらに、親族たちの込み入った関係性や心理が絡《から》み合い、「事件」の様相はいよいよ複雑さを増していく。

登場人物たちの心理や行動が交錯《こうさく》して生み出される、パズルのようなプロット。それを紐解くロジック。これこそ、西澤のもうひとつの「際立った作風」である。

ここまで特殊設定を軸に語ってきたが、非現実的な設定を作れば特殊設定ミステリが勝手に生まれてくれるわけではもちろんない。推理小説の名にふさわしい謎や筋書きを、書き手の力で組み立てる工程が不可欠になる。西澤作品はこちらの側面でも――というよりこちらの側面こそ一筋縄《ひとすじなわ》ではいかないものばかりであり、メフィスト賞作家の古野《ふるの》まほろをして作中人物に「あれだけの論理家とプロットの差配師はおらへんわ」と言わしめた力量が、本書でもいかんなく発揮されている。

特に第二章「PARACT 2／回殺」終盤、予知夢の全容が明らかになったと思われた矢先のあまりに意外な展開には、誰もが「え⁉」と声を上げるに違いない。さらに最終章は……ネタバレになってしまうため詳細は伏せるが、『真犯人』と呼ぶべき人物に向けた刻子の言葉、さらに最後の一文が、深い余韻《よいん》を読者に残す。

昭和《しょうわ》の末に勃興《ぼっこう》した新本格ムーブメントの中、平成《へいせい》前期から特異な作風で走り続けてきた西澤が、令和《れいわ》の時代に「特殊設定ミステリの先駆者」として再評価されるのは、二〇一〇年代デビュー組の特殊設定ミステリ書きとして、何より一ファンとして大変感慨深い。本書を含め、西澤ミステリが多くの人々に末永く愛されることを祈りたい。

一〇〇字書評

切・り・取・り・線

購買動機（新聞、雑誌名を記入するか、あるいは○をつけてください）

□（　　　　　　　　　　　　　　　）の広告を見て
□（　　　　　　　　　　　　　　　）の書評を見て
□ 知人のすすめで　　　　　　　□ タイトルに惹かれて
□ カバーが良かったから　　　　□ 内容が面白そうだから
□ 好きな作家だから　　　　　　□ 好きな分野の本だから

・最近、最も感銘を受けた作品名をお書き下さい

・あなたのお好きな作家名をお書き下さい

・その他、ご要望がありましたらお書き下さい

住所	〒				
氏名		職業		年齢	
Eメール	※携帯には配信できません		新刊情報等のメール配信を 希望する・しない		

この本の感想を、編集部までお寄せいただけたらありがたく存じます。今後の企画の参考にさせていただきます。Eメールでも結構です。

いただいた「一〇〇字書評」は、新聞・雑誌等に紹介させていただくことがあります。その場合はお礼として特製図書カードを差し上げます。

前ページの原稿用紙に書評をお書きの上、切り取り、左記までお送り下さい。宛先の住所は不要です。

なお、ご記入いただいたお名前、ご住所等は、書評紹介の事前了解、謝礼のお届けのためだけに利用し、そのほかの目的のために利用することはありません。

〒一〇一－八七〇一
祥伝社文庫編集長　清水寿明
電話　〇三（三二六五）二〇八〇

祥伝社ホームページの「ブックレビュー」からも、書き込めます。
www.shodensha.co.jp/bookreview

祥伝社文庫

パラレル・フィクショナル　予知夢《よちむ》の殺人《さつじん》

令和 7 年 3 月 20 日　初版第 1 刷発行

著　者　西澤保彦《にしざわやすひこ》
発行者　辻　浩明
発行所　祥伝社《しょうでんしゃ》
東京都千代田区神田神保町 3-3
〒 101-8701
電話　03（3265）2081（販売）
電話　03（3265）2080（編集）
電話　03（3265）3622（製作）
www.shodensha.co.jp
印刷所　堀内印刷
製本所　ナショナル製本
カバーフォーマットデザイン　芥 陽子

Printed in Japan ©2025, Yasuhiko Nishizawa ISBN978-4-396-35110-6 C0193